El último muerto

Editorial Bambú es un sello
de Editorial Casals, SA

© 2010, Fernando Lalana
© 2010, Editorial Casals, SA
Tel. 902 107 007
editorialbambu.com
bambulector.com

Diseño de la colección: Miquel Puig
Ilustración de cubierta: Francesc Punsola

Primera edición: abril de 2010
Quinta reimpresión: marzo de 2019
ISBN: 978-84-8343-114-6
Depósito legal: M-13.396-2011
Printed in Spain
Impreso en Anzos, SL Fuenlabrada (Madrid)

Esta obra ha sido publicada con una subvención de
la Dirección General del Libro, Archivos y Bibliotecas del Ministerio de Cultura, para su préstamo público en Bibliotecas Públicas, de acuerdo lo previsto
en el artículo 37.2 de la Ley de Propiedad intelectual.

EL ÚLTIMO MUERTO

FERNANDO LALANA

EDITORIAL

Previo: el fin

Ahí está, de nuevo.

Esta vez, creo que no tengo escapatoria. El monstruo me ha visto y viene a por mí. No tengo la menor oportunidad.

También es mala suerte... De las mil formas de morir que existen, me ha correspondido la más espantosa. La del monstruo. El monstruo de alas negras y rostro diabólico viene observándome desde hace rato. Estudiando desde el cielo mis movimientos, cada vez más torpes, cada vez más limitados, reducidos ya a casi nada. Ya no tengo fuerzas ni voluntad para escapar. Estoy a su merced.

Imagino que se abalanzará sobre mí y, sin dejar de sonreír, clavará sus garras justo a la altura de mi plexo solar y, lentamente pero con determinación, me arrancará el esternón y las costillas, que se astillarán en medio de chasquidos escalofriantes, alzando la tapa de mi caja torácica como el

7

capó de un utilitario, hasta dejar desprotegidos el corazón y los pulmones.

¿Qué ocurrirá entonces? ¿Comenzará a devorar mis vísceras sin por eso acabar con mi vida, como en el suplicio de Sísifo? O, tal vez la muerte llegue de improviso...

No, a ver, un momento, un momento... me parece que me confundo. Sísifo no era el de... No, claro: Sísifo era el de la piedra, ¿no? Aquel que empujaba una piedra monte arriba y siempre se le caía por el otro lado, que hay que ser torpe, y vuelta a empezar y así una y otra vez. Creo que es ese, pero tampoco estoy seguro. Tengo la mitología tan olvidada... Entonces... a ver: el tipo al que un pajarraco se le comía el hígado a picotazos y nunca terminaba... ¿cómo se llamaba? ¡Ah! ¡Prometeo! ¿Prometeo? ¿Pero Prometeo no era el de las alas de cera? ¡Ay, qué pena...! ¡Qué pena, que ya no me acuerde de estas historias! Qué mala cabeza. Qué mala cabeza la mía, con lo bien amueblada que llegó a estar en tiempos...

¡Oh, Dios, ya está ahí! ¡Ahora, ya! El monstruo se acerca definitivamente. El último ataque. El fin está próximo. Bate sus alas negras sobre mí, ocultando el sol de modo intermitente, mientras se aproxima, veloz. Lo oigo reír fuerte, a carcajada limpia. Eso significa que todo está a punto de acabar.

Dicen que, a un palmo de la muerte, desfila toda tu vida ante tus ojos en un instante, como en una película proyectada a cámara rápida. Y, en efecto, compruebo que es cierto. Aquí viene el NO-DO y, enseguida, el largometraje, todo condensado en un par de segundos: la primera infancia, en *brazos de mi madre, cuentos de ogros a la hora de dormir. El colegio, en el que mis compañeros me soportaban porque, aunque era el primero de la clase, sabía jugar al fútbol y eso me redimía de mi condición de empollón. Luego, la Universidad donde, allí sí, todos me odiaban ya sin tapujos. Los alumnos, porque sacaba las mejores notas y no quería prestar a nadie mis apuntes. Los profesores, porque con frecuencia sabía más que ellos y se lo demostraba sin compasión cada día, en cualquier circunstancia. Más tarde, acabados los estudios, mi corta carrera como profesor agregado, la bronca pública con el catedrático Malumbres, el expediente sancionador, la expulsión de la Universidad, el divorcio de Lorena –cuatro años de novios, apenas uno de casados y ahora ya dieciséis de separación– que no pudo soportar la vergüenza de todo aquello. Porque me había casado, sí. Aunque ahora me parezca imposible, me había casado con Lorena. Un matrimonio que, con el paso del tiempo, tan solo es ya un recuerdo impreciso. Niebla en la memoria. Pelusas en el fondillo de los pantalones. Luego, el cursillo teórico-práctico de detective privado por correspondencia. Bendita academia CEAC. Y mi primer caso: el secuestro del empresario Serafín Galindo, que se saldó con un rotundo éxito. Aún no sé si fue una suerte o una desdicha. De no ser así, de haber comenzado con un fracaso inapelable, quizá habría reconducido mi vida hacia la venta de aspiradoras a domicilio –mi otra gran pasión– y ahora no estaría a punto de morir. Pero logré resolver el asunto Galindo con inesperada brillantez y pensé que servía para esto. Me creí Sam Spade. Phillip Marlowe. Hércules Poirot.*

Como ocurrió años más tarde, cuando conseguí evitar la destrucción de la Amsterdam Solitaire, la estilográfica más cara y exclusiva del mundo. Y como repetí hace algo menos de un lustro, con la impecable resolución de la desaparición de aquel joven ingeniero encargado de una de esas máquinas gigantescas que se utilizan para perforar los túneles del metro.

Bien. Y eso es todo. De cincuenta meses hacia acá, nada de nada. Y, en conjunto, una paupérrima trayectoria como investigador. Tres éxitos en quince años de carrera profesional. Y, encima, sin la posibilidad de llegar a más, pues parece que aquí se acaba todo, definitivamente. Meta. Punto final. Callejón sin salida. Bye, bye, blackbird.

El monstruo ya está junto a mí. Veo sus odiosos ojos redondos, fijos, amarillos pero inyectados en sangre; las mandíbulas poderosas, como el pico de una rapaz; las alas negras, como las del ángel caído; y cómo apesta, por dios bendito... ¿Así huele la muerte? Qué sorpresa y qué desilusión. Tanto pensar en ella, tanto imaginarla y, por fin, va a resultar que la muerte es, ante todo, insoportablemente hedionda. Vaya chasco.

Solo quedan unos segundos. Unos escasos, espesos, lentísimos segundos.

Me pregunto si alguna vez encontrarán mi cuerpo. O, al menos, los escasos restos que desprecie la voracidad del monstruo. Y, si lo hacen, si dan algún día con mi cadáver... ¿qué frase mandarán cincelar en la lápida de mi tumba? ¿«Breve profesor universitario»? ¿«Marido desastroso»? ¿«Odiado condiscípulo»? ¿Nada en absoluto?

De haberlo sabido, habría encargado a alguien mi epitafio. Al comisario Souto, probablemente. Ya que nadie nunca me llevará flores, al menos que todo el que pase por allí pueda saber quién fui. Un buen epitafio puede suponer la diferencia entre el olvido infinito y la gloria eterna. Perdonen que no me levante.

Me llamo Fermín Escartín. Soy detective privado.

Y mucho me temo que ha llegado mi hora.

Primera parte: la de Fermín

Anteayer, 19 de julio, miércoles

Callos

–Escartín, te llaman al teléfono.

Alcé la vista y apoyé el índice derecho sobre mi pecho.

–¿A mí? ¿Aquí? ¿A estas horas? ¿Quién es?

–¿Y a mí qué me cuentas? Contesta de una vez y te enterarás.

–No. No me apetece. Di que no estoy, anda, haz el favor.

–De eso, nada. Ya he dicho que sí estabas y no pienso desdecirme y quedar como un memo. Además... ¿no lo has pensado? ¡Puede tratarse de un cliente!

–Pero, hombre, es que... se me van a enfriar los callos que, por cierto, están buenísimos.

–Ya te los recalentaré. Va, levántate y contesta.

–Pero...

–¡No discutas, demonios! Un cliente significa la posibilidad de ganar dinero. Dinero que podrías utilizar en pagarme parte de lo que me debes.

–¡Ah, vamos...! Ya entiendo. Pareces preocupado por mi situación pero, en realidad, estás velando por tus intereses, ¿no? ¡Qué egoísmo el tuyo, Nemesio! ¡Qué egoísmo!

Nemesio me lanzó una mirada fulminante mientras se limpiaba las manos en el delantal.

–Te recuerdo que, contando el que te estás comiendo, me adeudas ciento dieciséis menús del día.

Me quedé perplejo. Ignoraba que Nemesio llevase la cuenta de memoria.

–¿Tantos? –suspiré.

–Y tan calvos –dijo Nemesio, que siempre ha utilizado las frases hechas de manera harto arbitraria.

–Vale, vale... reconozco que llevo una mala racha. Una larga mala racha. Pero en cuanto coincidan en mi vida un buen caso y un cliente solvente, te pagaré hasta la última patata frita. Hasta el último trozo de huevo duro. Hasta la última aceituna. No lo dudes ni por un instante.

Y, tras esa digna declaración de intenciones, me bebí de un trago los tres dedos de vino tinto que quedaban en mi vaso, me limpié los labios cuidadosamente con la servilleta, me levanté de la mesa y me dirigí al fondo de la barra, donde descansaba, cubierto por dos décadas de mugre grasienta, el teléfono público del establecimiento.

–Diga.

–Fermín, soy Damián Souto.

Tardé un par de segundos en hilar voz, nombre y el recuerdo de un rostro humano.

–¡Comisario! ¡Qué inesperada sorpresa! Me alegro mucho de oírle. ¿Cómo me ha localizado?

—Ya sabes: la policía no es tonta. Además, que tampoco eres Osama Bin Laden. Que yo recuerde, llevas más de una década comiendo a diario en La Comadreja Parda. A estas horas, es más seguro localizarte ahí que encontrar palomas en la plaza del Pilar.

Souto, cada día más irónico. Había que replicar.

—Compréndalo, comisario: una vez inmunizado frente a la comida que prepara Nemesio, que mis esfuerzos me ha costado, tengo miedo de que cualquiera otra pueda sentarme mal. Pero, diga, diga qué se le ofrece, que me ha pillado en mitad del segundo plato; que, por cierto, está de rechupete. Callos a la madrileña, no le digo más.

Mi viejo amigo Souto, que debía de andar ya cercano a la edad de la jubilación, carraspeó largamente antes de proseguir.

—Verás, Fermín... ahora no sé si debería haberte llamado, pero... he pensado que te gustaría saberlo.

—Saber, ¿el qué?

—Lo que... lo que tengo que contarte.

Guardé silencio, esperando que el comisario se decidiese. Pero no terminaba de hacerlo. Así que volví a intervenir.

—Tanto misterio está empezando a preocuparme. Y, además, supongo que se trata de algo urgente porque, si no, me habría usted llamado a mi casa.

—¿Cómo voy a llamarte a tu casa si hace dos meses que tienes cortado el teléfono por falta de pago?

—¿En serio?

—Me lo han confirmado los de la compañía telefónica.

–¡Atiza...! De modo que era eso. ¡Claro! Ahora entiendo por qué todos los números a los que llamaba, estaban siempre comunicando.

Oí suspirar a mi amigo a través del auricular.

–Me alegro de que te lo tomes con humor. Pero eso me indica que las cosas no te van demasiado bien.

El bueno de Souto, siempre tan agudo.

–Estamos en plena crisis, comisario. La gente prefiere dejarse estafar por su socio que contratar detectives para evitarlo. Le sale más barato. Son malos tiempos para la investigación privada. Y ahora... ¿quiere decirme de una maldita vez por qué me ha llamado?

–De acuerdo, de acuerdo... Verás: el caso es que, al repasar esta mañana la lista de las denuncias presentadas ayer en la comisaría... he visto que una de ellas había sido interpuesta por una tal Lorena Mendilicueta. Como ese apellido no es muy corriente por estos lares... he pensado que había muchas posibilidades de que se tratase de la misma Lorena Mendilicueta que tú y yo conocemos. Me refiero a tu mujer. Tu ex mujer, quiero decir.

En un segundo, sentí cómo me invadía una oleada de ira.

–¿Qué me está usted diciendo? –masculllé, haciendo chirriar los dientes–. ¿Que Lorena me ha puesto una denuncia en su comisaría? ¡No puedo creerlo!

–¿Qué? Espera, espera...

–¡No puede ser, comisario! –grité, furioso–. ¡Pero si volvió a casarse hace apenas un año! ¡Y con un tipo rico! Un abogado famoso. ¡Ya no tengo obligación de pasarle la pensión de divorcio! ¡Y cuando me anunció su boda, me aseguró que todo lo que le debía quedaba olvidado! ¡Que daba mi deuda por saldada!

—¡Cálmate, Fermín, haz el favor!

—¿Que me calme? ¡No me da la gana de calmarme! —declamé, sobreactuando como un actor de la vieja escuela—. ¡Espere a que me eche a la cara a esa maldita extorsionista! ¡Seguro que su nuevo marido picapleitos es quien la ha convencido para...!

—¡Digo que te calmes porque la denuncia no es contra ti!

Mi puño cerrado quedó en el aire. Una vez más, me había precipitado en mis conclusiones. Había vuelto a hacer el ridículo.

—¡Ejem...! ¿Cómo...? ¿Que la denuncia no es contra mí? ¿Contra quién, entonces?

Oí gruñir a Souto al otro lado de la línea.

—Contra nadie. Lorena vino ayer a comisaría a denunciar, precisamente... la desaparición de su marido.

Durante unos segundos me quedé sin habla. Por fin, exclamé:

—¡Atiza...!

Y, a continuación, un largo e incómodo silencio circuló por los cables telefónicos entre el bar-restaurante La Comadreja Parda y la comisaría de centro. Silencio que, finalmente, rompió Damián Souto.

—Como comprenderás, por mi vieja amistad con Lorena, voy a dar instrucciones a los chicos para que se tomen todo el interés posible en este asunto pero... no vamos a engañarnos, Fermín: en esta época del año tengo a muchos agentes de vacaciones y andamos justitos de efecti-

19

vos. Por eso he pensado que quizá, solo quizá, podrías... echarle tú una mano. O echármela a mí, según se mire.

Sentí una punzadita en la boca del estómago.

–Comisario... ¿me está pidiendo que ayude a mi ex mujer a localizar el paradero de su actual marido? Eso sería más de lo que mi orgullo me puede permitir. Le recuerdo que fue ella quien se largó de casa, dejándome tirado.

–¡Oye! Yo no te estoy pidiendo nada –respondió el comisario, calmosamente, pero con un puntito de irritación en la voz–. Te cuento lo que hay. Tú verás lo que haces.

Y colgó.

Yo, por el contrario, permanecí durante el siguiente minuto y medio como un idiota, con el auricular en la oreja, escuchando el sonido intermitente que delataba mi soledad telefónica, hasta que Nemesio se me acercó y agitó la palma de la mano ante mis ojos.

–¿Qué pasa? –pregunté, parpadeando, al cabo de unos segundos.

–Te has quedado como pasmado.

–¿Yo?

–¿Era un cliente? ¿Tienes un caso?

–¿Eh? Ah... no. No hay caso. Bueno, sí. Quiero decir que... quizá tenga un caso, pero no un cliente. Al menos, un cliente de los que pagan. Así que me temo que tendrás que apuntarme también esta comida en mi cuenta.

Nemesio chasqueó la lengua, con evidente disgusto.

–Vaaale. Te recaliento los callos, entonces.

–Gracias.

Pavonazo

Al terminar el plato, no quise postre ni café. Con una extraña sensación en el cuerpo, mezcla de inquietud, curiosidad y malos presentimientos, decidí regresar de inmediato a mi casa.

Mi casa.

Mi casa no era otra que el piso de la calle de los Estébanes, en pleno casco viejo zaragozano, que mi padre me dejó en herencia y en el que viví casi tres años con Lorena. Los mejores años de mi vida, dicho sea de paso.

Al llegar, decidí subir las dos plantas andando. Odio hacer ejercicio físico pero es que la casa es antigua y nunca ha tenido ascensor.

Abrí la puerta y, tras cruzar el umbral, el apartamento se me antojó más desordenado, sucio y solitario que nunca. Olía a cerrado, a moho y a abandono. A zotal, también.

Opté por abrir el ventanuco de la cocina en un intento de renovar el aire viciado de la vivienda y, al hacerlo, me topé con la eterna figura de Horacio, mi vecino de enfrente, asomado a su ventana, al otro lado del estrechísimo patio de luces; ataviado con su eterna camiseta de tirantes, cada día más mugrienta; intentando resolver, fruncido el ceño, un descomunal pasatiempo de palabras cruzadas. Aquel crucigrama gigante era la única ocupación que yo le había conocido en todos estos años.

–Horacio...

–¡Hola, profesor! –me saludó con alegría–. Te estaba esperando. A ver si puedes echarme una mano con el crucigrama.

–Ya no soy profesor, Horacio. Te he dicho mil veces que hace dieciséis años que me echaron de la Facultad y tú te empeñas en recordármelo cada día...

–¡Quita, quita...! Siempre dices lo mismo pero lo cierto es que quien fue profesor una vez, lo sigue siendo toda la vida –sentenció él.

–¡Que no, demonios! –exclamé–. Yo soy detective privado, a ver si te enteras.

–Oye, escucha, porque esta es difícil de narices –replicó Horacio, sin prestar la menor atención a mis protestas–. «Color mineral rojo oscuro con que se suple el carmín en la pintura al fresco». Ocho letras. La penúltima tendría que ser una zeta.

Me froté concienzudamente el puente de la nariz, como si acabase de despojarme de unas gafas.

–Pavonazo –le dije, acto seguido.

Mi vecino parpadeó, frunció el ceño, repasó la solución tres veces y, por fin, alzó las cejas.

–¡Ostras, profesor! ¡Me parece que sí! ¡Que encaja! Pa... vo... na... zo. Sí, sí, sí. ¡Perfecto! ¡Eres un hacha!

–Gracias, Horacio. Y ahora, si no te importa...

–Siempre me pregunto –me cortó él, sin atender a mi insinuación y sujetando con la mano la hoja del ventanuco que yo intentaba cerrar– por qué no te presentas al concurso ese de *Saber y ganar*. Seguro que te llevabas un buen dinero. Ya imagino que te ganas bien la vida con tu trabajo pero un pellizco extra a nadie le viene mal.

Sonreí ante la candidez de Horacio y ante su propuesta, que me repetía más o menos dos veces por mes.

–Ya te lo he dicho muchas veces: no me considero lo bastante «friki» como para concursar en *Saber y ganar.*

–¿Qué no? ¡Al contrario! ¡Eres el tipo más «friki» que conozco! ¡Y te harías famoso en toda España!

Aunque nunca se lo confesé a Horacio, participar en ese concurso de la tele era mi última opción, para el caso de que las cosas se pusiesen realmente difíciles. Pero aún no estaba lo suficientemente desesperado como para soportar ante la audiencia las bromas del incombustible presentador Jordi Hurtado.

–Lo pensaré, Horacio, lo pensaré. Y ahora, ¿me dejas un rato tranquilo?

–Pues claro, hombre, claro. Te pones a estudiar, ¿no?

–Algo así.

Aunque el piso seguía oliendo a rayos, cerré la ventana de la cocina y, en medio de la penumbra, comprobé que quedaba un resto de café en la cafetera. Calculé que no llevaría allí más de tres días, de modo que aún estaría pasable. Como tampoco me quedaba una sola taza limpia, vertí el sospechoso líquido, que tenía la consistencia del sirope y el color del alma de un asesino múltiple, en el vaso de la minipimer.

Mi primer impulso fue recalentarlo en el microondas, pero de inmediato recordé que se me había estropeado las pasadas navidades y cada vez que lo enchufaba, saltaban los fusibles del amplificador de la antena colectiva, con gran disgusto de todos mis vecinos, enganchados como yonquis a «Amar en tiempos revueltos».

Así que decidí tomarme aquel brebaje a temperatura ambiente. Por desgracia, en el vaso de la minipimer debía de quedar algún resto de la última mayonesa que preparé, así que la mezcla de sabores resultó ciertamente exótica. A pesar de todo, me lo bebí. Necesitaba aquella dosis de cafeína para insuflarme el ánimo suficiente con que llevar adelante la decisión que acababa de tomar.

Chartreuse

–Hola, Lorena.
Me miró, sorprendida, bajo el dintel de su puerta.
–¡Fermín...! ¿Qué...? ¿Qué haces aquí?
Sabía que eso era lo primero que me iba a preguntar. Y, sin embargo, no había preparado una respuesta convincente.

Me había llevado un buen rato de búsqueda pero, al fin, dentro de una caja de polvorones de la Viuda de Solano que guardaba en un cajón de la cómoda del dormitorio, encontré la invitación de boda. Porque Lorena había tenido la pintoresca idea de invitarme a su segunda boda. Por supuesto, no fui. En primer lugar, porque no tenía dinero para comprarles un regalo a los novios. Y, sobre todo, porque no quería que nadie, menos aún alguno de nuestros amigos comunes, me viera llorar como un adolescente cuando la mujer de mi vida, la única de la que he estado enamorado hasta los tuétanos, le diera el «sí quiero» a aquel tipo engominado y cursi que en nada se parecía a mí. Pero sí había conservado, no sé por qué razón, el tarjetón de cartulina verjurada en el que, además de la dirección del juzgado en el que se celebraba el enlace –el de lo civil n.º 2– y de las señas del restaurante –El Cachirulo– figuraba el domicilio de los contrayentes.

El recién estrenado tranvía moderno, con su incontestable eficacia, me había trasladado en menos de diez minutos desde la plaza de España hasta el barrio residencial del norte de la ciudad en que vivían Lorena y su marido, depositándome a menos de cien metros de la puerta de su espectacular chalé con perro, garaje y jardín.

Luego, había dedicado algo más de veinte minutos a pasear calle arriba, calle abajo, reuniendo el valor suficiente para cruzar el jardín, esquivar al perro, llamar a su puerta y esperar a que me abriese.

Por fin, había cruzado el jardín, esquivado por centímetros al perro –de raza desconocida pero con unos dientes así de grandes–, llamado a su puerta y esperado a que me abriese.

–Hola, Lorena.
–¡Fermín...! ¿Qué...? ¿Qué haces aquí?

Allí estaba. Exactamente como yo la recordaba. Como si el tiempo no hubiese pasado sobre ella con la crueldad con que pasa sobre los demás. Como si, en su caso, tres lustros hubieran sido un suspiro.

Caí entonces en la cuenta de que, por increíble que pueda parecer, llevábamos dieciséis años sin vernos. De modo casi inexplicable, habíamos convivido ambos en una ciudad de tamaño discreto, como lo es Zaragoza, durante más de década y media sin una sola coincidencia. Sin que

25

nuestros caminos se cruzasen ni una sola vez. Ni en una sola ocasión, ni aun de lejos, había vuelto a verla en todo ese tiempo. La última imagen suya que guardé en mi retina fue la de su silueta descendiendo por la escalera de mi casa –de nuestra casa hasta ese momento–, cargando con la maleta en la que se llevaba todas sus pertenencias. El día en que me abandonó.

La encontré guapa. Tan guapa como entonces. Quizá más, porque las mujeres verdaderamente atractivas lo demuestran a partir de los treinta y cinco. A los veinte años, todas las chicas parecen hermosas. A los cuarenta, en cambio, las diferencias entre las guapas y las que no lo son, comienzan a resultar crueles.

Al verla allí, ante mí, con los ojos enrojecidos por el llanto reciente, descubrí que mi ex mujer pertenecía a la primera categoría.

–Hola, Lorena.

–¡Fermín! ¿Qué...? ¿Qué haces aquí?

–Pues... me he enterado de lo tuyo y...

–¿Cómo te has enterado?

–Eeeh... Souto. Me ha llamado Damián Souto.

Lorena suspiró brevemente y compuso un mohín de disgusto.

–Ah, claro... el viejo comisario de policía y el famoso detective privado. Supongo que seguís a partir un piñón. Seguro que te considera poco menos que un colega y, claro está, no ha podido mantener la boca cerrada.

Aquellas primeras palabras me recordaron a las últimas que le escuché, dieciséis años atrás. También aquellas constituían un reproche.

–Oye, no seas injusta con Damián. Esto no ha tenido nada que ver conmigo. Lo ha hecho por ti.

–¿Por mí?

–Claro que sí. Ya sabes cuánto te aprecia. Siempre fuiste su favorita. Desde los tiempos del teatro.

Veinticinco años atrás, Damián Souto, por entonces un prometedor inspector de policía, era el director del grupo de teatro aficionado en el que nos conocimos Lorena y yo. Ella era la estrella de la compañía, la mejor, la eterna protagonista, una fantástica actriz. Yo no pasaba de interpretar personajes secundarios; y eso, en el mejor de los casos, cuando no tenía que conformarme con ejercer de regidor o de tramoyista. Todos los chicos del grupo estábamos enamorados de Lorena. Pero, mira por dónde, fui yo quien le enseñó a besar de forma convincente, tanto en el escenario como fuera de él.

Quizá por su cabeza rondaba ese mismo recuerdo porque, de pronto, me dijo:

–Anda, pasa...

La casa de Lorena y del abogado era de aúpa: muebles caros, algunos que no habrían desentonado en el palacio de Versalles y otros, por el contrario, dignos de ser expuestos en el MOMA de Nueva York. El recibidor era solo un poco más pequeño que todo mi piso y el salón al que me condujo Lorena, solo un poco más pequeño que la sala de espera de la estación de Atocha.

–¿Qué quieres tomar, Fermín?

–¿Qué tienes?

–De todo.

Conque de todo, ¿eh? –pensé–. A ver si es verdad.

–Entonces... ponme un Chartreuse verde, con hielo y una rodajita de lima. Si no te importa.

Sin inmutarse, Lorena se dirigió a un mueble bar situado en el rincón noroeste de la habitación, tras un piano de cola que le habría quitado el hipo al mismísimo Federico Chopin. De allí, sacó una botella de Chartreuse verde, un vaso ancho, con una rodajita de lima ya clavada en el borde y una pequeña cubitera con piezas irregulares de un hielo tan transparente como mi expresión de asombro.

–¿Te importa servirte tú mismo? –me dijo, depositando ante mí una bandejita de alpaca con los tres objetos–. Es que me tiembla el pulso y podría manchar la alfombra. Llevo dos días sin dormir.

–Entiendo: desde...

Ella se había dejado caer en el sofá. Llevaba un vestido corto y ligero, de estar por casa, que le sentaba de maravilla y dejaba ver sus estupendas piernas hasta mitad de muslo. En efecto, le temblaban ligeramente las manos.

–Sí –admitió–. Desde que desapareció Martín.

Yo esperaba que continuase pero, como no lo hizo, tras una pausa decidí preguntar.

–¿Cuándo ocurrió?

–Pues... a ver... hoy es... miércoles, ¿no? El lunes salió de casa por la mañana, pronto, y ya no volvió a comer. No contestaba al móvil, aunque eso tampoco es muy extraño porque lo suele desconectar si tiene un juicio o una entrevista con un cliente. Llamé a su despacho y Marisa, su secretaria, me dijo algo de un viaje. Un asunto relacionado con Fraga.

–¿Don Manuel Fraga, el ex presidente de Galicia?

–No, hombre. Fraga, ese pueblo de Huesca cercano a Lérida. Creo que Martín debía ir hasta allí para realizar unas gestiones. Al parecer, tenía una cita con el notario de la localidad.

–Por supuesto, habréis llamado a la notaría.

–Sí, lo hicimos. El notario, el señor Félez, dijo que, en efecto, Martín había concertado una cita para escriturar varias compraventas de terrenos entre una empresa a la que él representaba y los vendedores; ellos acudieron a la hora prevista, pero mi marido no llegó a presentarse.

Lorena alzó hacia mis ojos una mirada inundada de agua salada.

–No sé qué pensar, Fermín. Esto es horrible. No saber qué ha podido ocurrirle. Carecer de toda noticia...

–¿Habíais tenido alguna discusión recientemente?

–No –respondió Lorena, con firmeza y rapidez.

–¿Crees que Martín puede haber desaparecido voluntariamente?

Ahora tardó más en contestar. El tiempo que le llevó llenar los pulmones completamente de aire. Y meditar la respuesta, supongo.

–No, Fermín. No lo creo. Entre nosotros todo iba bien. No se habría marchado sin decirme nada. Estoy segura de que le ha pasado algo. Algo... terrible.

También yo lo pensaba. Pero creo que en mi caso no era tanto una intuición como un deseo.

–No pienses eso, Lorena, mujer –le dije, con la boca del tamaño de un punto y seguido–. Ya verás cómo tu marido estará bien. Seguro que hay una explicación para todo esto. No te pongas en lo peor. La mayoría de las desapariciones se resuelven satisfactoriamente en las siguientes cuarenta y ocho horas.

–Ya han pasado más de cuarenta y ocho horas.

–Eeeh... setenta y dos. Se resuelven en setenta y dos horas, he querido decir. Aún tenemos tiempo.

Ella esbozó una sonrisa de gratitud que me hizo sentirme aún más canalla.

–Souto ya les ha puesto pilas alcalinas a los chicos de su comisaría –continué, de inmediato–. Seguro que enseguida encuentran algún indicio que nos lleve hasta tu marido. Y yo, por mi parte... si tú quieres... puedo indagar... en fin...

Lorena, entonces, se levantó de su sofá y vino a sentarse junto a mí. Me cogió la mano derecha entre las suyas. Era nuestro primer contacto físico en dieciséis años y se me erizó el vello de todo el cuerpo.

–Fermín –podía notar su aliento rozando mi mejilla– yo... lo cierto es que lamento mucho lo que ocurrió entre nosotros. Y me he sentido culpable todos estos años. Cuando perdiste tu puesto de profesor y te echaron de la Facultad, el mundo que yo había soñado para nosotros se deshizo como nieve al sol. Quizá debí de tener algo más de paciencia contigo. Lo siento de veras. Ojalá hayas podido perdonarme.

He podido perdonarte, pero no he conseguido olvidarte.

Estuve a punto de decirlo. Abrí la boca para decirlo, pues eso era lo que pensaba, pero lo que salió de mis labios fue otra cosa. Una serie de frases falsas y educadas. Las que debía decir, no las que quería decir.

–No te atormentes más, Lorena. Y, mucho menos, en estos momentos. Las cosas suceden como suceden y no son culpa de nadie. Los dos hemos rehecho nuestras vidas –eso era radicalmente falso: la mía jamás se había recompuesto tras su marcha– y nunca sabremos si las decisiones que tomamos en cada momento fueron las mejores. Pero lo cierto es que no hay vuelta atrás. Lamentarse no sirve de nada.

Ella me lanzó una mirada afectuosa.

–Lo que sí tengo claro es que eres un gran tipo. Sigues siendo un gran tipo, en realidad –dijo a continuación, en un tono dulcísimo–. Ahora que tengo un problema, aquí estás, intentando consolarme. Incluso, ofreciéndote a investigar...

Lorena se inclinó hacia mí. Seguía sujetando mi mano entre las suyas y ahora tiró de ella hasta obligarme a colocarla sobre su rodilla. Luego, apoyó su cara en el hueco de mi hombro y comenzó a llorar suavemente, con sollozos apenas audibles que, poco a poco, fueron empapando mi camisa.

Había llegado el momento de abrazarla, de apretarla suavemente contra mí, de revolverle lentamente el pelo, de susurrarle palabras de consuelo al oído.

Alcé la mano para acercarla a mis labios y besarle el dorso de la suya. Pero algo se interpuso ante ese gesto romántico: descubrí que, de la punta de sus dedos emanaba un leve pero inconfundible aroma a... lejía. De inmediato, me pregunté por qué. Quizá Lorena había tratado de mitigar el estrés que padecía desde la desaparición de su marido lavando la colada. Lavando la colada a mano. Parecía poco probable. Sobre todo, porque seguro que en aquella casa disponían no de una sino de dos o quizá tres lavadoras automáticas. De esas que emiten música clásica durante el centrifugado.

Estaba dispuesto a preguntarle a Lorena por ese detalle pero justo entonces, comenzó a sonar el teléfono.

Lorena depositó en mis ojos una mirada cargada de ansiedad, tomó aire, fue hacia el aparato y descolgó.

–¿Diga?... Ah, hola, Damián... Bueno, bien. ¿Tienes alguna noticia? –me miró entonces, con los ojos muy abiertos–... Entiendo... Entiendo, sí... Oh, dios mío... Sí, sí, sí, descuida. Iré... iré lo antes que pueda. ...¿Qué? No, no te molestes. Fermín está aquí, conmigo. Iremos enseguida los dos para allá... Ahora mismo, por supuesto. Gracias. Adiós.

Cuando cortó la comunicación, Lorena tenía dibujada en el rostro una feroz expresión de angustia. Parecía rozar el pánico. Parecía a punto de desmoronarse, así que fui hacia ella, la sujeté por los brazos y la conduje de nuevo al sofá.

–¿Qué ocurre? ¿Te encuentras mal? ¿Quieres un poco de Chartreuse?

–Agua. Mejor agua. Allí, en el mueble-bar...

Corrí detrás del piano. Junto al armario botellero, había una pequeña nevera de la que saqué un botellín de esa agua mineral francesa que solo se vende en joyerías.

Mientras buscaba el abrebotellas, me fijé en una fotografía de dieciocho por veinte centímetros, enmarcada entre dos finas láminas de plástico sujetas por grapas decorativas, en la que Lorena y Martín aparecían sonrientes, en primerísimo plano, separados sus rostros por una vista, al fondo, de la torre Eiffel. En un impulso nada consciente, tomé la foto y me la introduje en el bolsillo interior de la chaqueta. Y me aseguré de que ella no se había percatado de la maniobra.

–Toma, bebe...

Tras apurar por completo el contenido del botellín, Lorena recuperó algo de color.

–Era Souto –murmuró después.

–Lo imaginaba. ¿Qué te ha dicho?

–La Guardia Civil –suspiró– ha encontrado a un hombre muerto no muy lejos de Fraga, flotando en un canal de riego. Creen que puede tratarse de Martín, mi marido. Quieren que vaya al Instituto Anatómico Forense para identificar el cadáver.

Tatuaje

Veinticinco minutos más tarde, llegábamos frente a la entrada trasera de la Facultad de Medicina a bordo de un taxi. Damián Souto ya estaba allí esperándonos, en la misma puerta, con cara de circunstancias. De terribles circunstancias, realmente.

Tras intercambiar un par de besos, el comisario y mi ex mujer, cogidos del brazo, avanzaron por el pasillo lúgubre e interminable que conducía a la morgue.

A muy corta distancia, yo seguía sus pasos y también, sin problemas, su conversación.

–Primero, encontraron el coche aparcado cerca de la estación de autobuses de Fraga. A partir de ahí, comenzaron la búsqueda y hace un par de horas dieron con el cuerpo, alertados por un agricultor de la zona. Estaba flotando en las aguas del canal de Zaidín, varios kilómetros al norte de la ciudad.

–¿Estás seguro de que se trata de mi marido?

–No al cien por ciento. Por eso te he pedido que vinieses lo antes posible, para intentar identificarlo. Pero debo advertirte que hay ciertos detalles... ciertas circunstancias especiales, que...

Lorena se detuvo.

–¿Qué detalles? ¿A qué te refieres?

Souto carraspeó largamente.

–Verás, Lorena... el cadáver responde a la descripción que nos diste al hacer la denuncia. Su estatura, su ropa... incluso, llevaba encima la documentación de tu marido.

Lorena se detuvo entonces y se apoyó en la pared, como si acabase de sufrir un vahído.

–En ese caso... –susurró, tras unos instantes–, ¿qué duda puede existir de que se trata de él?

–Como te digo, se dan circunstancias que aconsejan que nos aseguremos... en la medida de lo posible.

–No entiendo nada. ¿Qué circunstancias son esas?

–Circunstancias extrañas y ciertamente desagradables.

–¡Por dios, Damián, no me asustes! ¿De qué estás hablando, exactamente?

Souto se mesó los cabellos canosos. Buscó a su alrededor, se dirigió a una puerta cercana y, tras mirar al otro lado a través del cristal, abrió y nos invitó a pasar. Se trataba de un despacho. Obligó a Lorena a sentarse en la butaca y él se sentó en el canto de la mesa, mientras yo me mantenía a cierta distancia de ambos. Por fin, el comisario enfrentó su mirada con la de Lorena.

—El cadáver está... desfigurado.

—¿Cómo? ¿Desfigurado?

—Le han destrozado el rostro. Deliberadamente, lo han dejado irreconocible.

—¡Oh, dios mío...!

—Y además de eso... le faltan las dos manos.

Cuando entramos en la sala de autopsias, el panorama era exactamente el que se puede ver en las series televisivas de forenses. Sobre un gran banco de trabajo de acero inoxidable, especialmente diseñado para recoger y conducir a un depósito la sangre y los demás líquidos procedentes de los cadáveres, yacía, cubierto por una sábana, el cuerpo que la Guardia Civil de Fraga había encontrado navegando por el canal de Zaidín. Mostraba una ficha de cartulina atada por un cordel al dedo pulgar del pie derecho. Además, en la planta del otro pie le habían impreso un código de barras.

En una mesa contigua, se habían depositado las ropas que vestía. Un traje gris marengo, una camisa blanca, con la parte superior delantera empapada de sangre desde el cuello hasta el segundo botón, unos calcetines negros, zapatos negros de cordones y punta estrecha, una

35

corbata de color gris plata con rayas granates y un calzoncillo blanco, clásico, de la marca Ocean. En una bandeja, sus pertenencias personales. Una cartera de bolsillo en piel de avestruz azulada, con documentos y tarjetas de crédito, un encendedor Ronson bañado en oro, una Blackberry, un reloj de pulsera Omega y un juego de pluma y bolígrafo Montblanc de esos que alcanzan un precio capaz de alterar el pulso a un subinspector de Hacienda.

Hacia todo ello nos dirigimos en primer lugar.

–¿Reconoces la ropa y los objetos?

Lorena inspiró profundamente antes de asentir con la cabeza. A continuación, nos acercamos al cadáver, junto al que nos esperaba un forense ataviado con bata de color verde quirófano. El médico alzó la sábana que cubría el cuerpo. Lo hizo desde los pies, pero sin llegar a descubrir la cabeza. El primer respingo lo dimos Lorena y yo a un tiempo, cuando quedaron a la vista los antebrazos, con las dos manos amputadas limpiamente, de un solo tajo, a la altura de las muñecas. Souto la tomó a ella por el brazo y le habló casi al oído.

–¿Es él?

–Creo que sí.

–¿Tienes dudas?

Lorena tardó en contestar, pero lo hizo moviendo la cabeza de un lado a otro, en silencio. Ante mi sorpresa, Souto insistió.

–¿Crees que habría algún modo de que tuvieses completa seguridad de que se trata del cuerpo de tu marido?

–¿Podría verle la cara?

El comisario negó.

–Te aseguro que verle la cara no te servirá de gran cosa. No hay nada reconocible en ella.

–Ya... –Lorena se mordió el labio inferior–. Lo cierto es que sí existe otra forma de asegurarnos.

–¿Cuál?

–Martín tenía un pequeño tatuaje. Una figura geométrica de color violeta. Un rectángulo de unos diez centímetros de largo, con los lados menores quebrados hacia dentro.

–¿Dónde lo tenía?

–En... en el culo. En la parte superior de la nalga derecha.

Souto y el forense intercambiaron una mirada y un gesto de asentimiento. El de la bata se acercó al cadáver lo sujetó por la cadera con ambas manos y lo giró hasta mostrar la zona indicada por Lorena. Y allí estaba el dibujo, plasmado sobre la piel, tal como ella lo había descrito.

Souto pasó ahora el brazo por los hombros de Lorena.

–Creo que ya no hay duda alguna. Podemos irnos.

–¿Y ese moreno de ciclista?

Souto, Lorena y hasta el médico forense, me miraron con sorpresa, como reacción a mi pregunta hecha en voz alta.

–¿De qué estás hablando? –me preguntó a su vez el comisario.

Yo me dirigí a mi ex mujer.

–Digo que... es un poco raro que tu marido tuviera tan bronceados los antebrazos y los brazos, justo hasta el comienzo del hombro, y tan pálida la piel del resto del cuerpo. Eso que llamamos «moreno de ciclista».

–Tal vez lucía moreno de ciclista porque practicaba el ciclismo –aventuró Souto–. ¿No lo has pensado?

Miré a Lorena. Y ella a mí. Pero Lorena no confirmó la teoría de Souto.

–Si fuera así... –continué–. Me pregunto por qué, entonces, no tiene también morenas las piernas, desde el borde del *culotte* hasta los tobillos.

El comisario frunció el ceño. Me pareció que el forense también lo hacía.

–No. No practicaba el ciclismo –dijo entonces mi ex mujer, calmosamente–. Pero sí jugaba al frontón, dos veces por semana. Al aire libre, siempre que el tiempo lo permitía.

–Esa es la explicación –intervino Damián Souto, de nuevo, en un tono levemente irritado–. El frontón se juega con polo de manga corta y pantalón largo, lo que se corresponde con el bronceado de los brazos del cadáver.

–Cierto –admití–. Esa es la explicación, sin duda.

–¿Nos vamos? –preguntó el comisario, tras un silencio de diez segundos.

–Perdona que insista, Damián –dijo entonces ella– pero... ¿podría verle la cara?

El comisario Souto chasqueó la lengua.

–No te lo aconsejo. La identificación ya está hecha. Y es una visión extremadamente desagradable.

–Por favor...

Souto y el forense volvieron a mirarse y, tras unos segundos, el comisario, accedió. El médico cubrió de nuevo con la sábana el cuerpo de Martín. Luego, se acercó a la parte opuesta de la encimera de acero inoxidable y descubrió la cabeza del cadáver.

Esta vez, Lorena no pudo evitar que se le doblasen las rodillas y, de no ser por el comisario, que la sujetó con firmeza, habría terminado en el suelo. Yo no pude evitar un gemido y una arcada que a punto estuvo de acabar en vómito.

El espectáculo resultaba simplemente atroz. Nada había que pudiese distinguirse del rostro de la víctima, ninguna de sus facciones, pues se hallaba completamente destrozado, convertido en una pulpa sanguinolenta, como si lo hubiesen golpeado repetidamente con un mazo o una enorme piedra, hasta triturar todos los huesos propios de la cara e incluso quebrar el frontal del cráneo. Músculos, cartílagos, los globos oculares e incluso parte de la materia encefálica aparecían mezclados, conformando una masa irreconocible y repulsiva.

Tras cerca de un minuto en el que no pudo ni articular palabra, Lorena se dirigió al forense.

–¿Así fue como lo mataron? –preguntó–. Dígamelo, por favor. ¿Lo golpearon en la cara hasta matarlo?

–Aún no lo sabemos, señora –dijo el médico, hablando por vez primera–. Desde luego, esas heridas son mortales de necesidad, pero... quiero pensar que se las infligieron una vez ya fallecido. En todo caso, será con la autopsia como podremos determinar la causa de la muerte.

–¿Cuándo lo sabrán?

–Espero hacerla esta tarde y entregar el informe mañana, a primera hora.

–¿Y cuándo podré... enterrarle?

Me pareció una pregunta extraña, pero me lo debió de parecer solo a mí.

–Eso es cosa del juez –le respondió Souto– pero... una vez hecha la autopsia no creo que tenga motivos para retrasar la entrega del cadáver. Teniendo en cuenta que ya se acerca el fin de semana, yo creo que el lunes... Sí, seguro que el lunes ya podrás... Bueno, eso: que ya podrás.

–Comprendido. Gracias. Gracias a los dos.

El propio Damián Souto llamó a un taxi desde su teléfono móvil. Mientras esperábamos su llegada, volvió a encararse con Lorena.

–Cogeremos al culpable, te lo aseguro.

Ella esbozó apenas un amago de sonrisa.

–Estoy segura de ello, Damián. De veras. Lo que ocurre es que eso no supondrá para mí ni el más leve consuelo.

–Lo comprendo... Y tendrás que responder a algunas preguntas, para poder encauzar la investigación. En cuanto te encuentres mejor, naturalmente.

–Cuando sea preciso. Pero si me vas a preguntar si sé quién ha podido asesinar a Martín, ya puedo responderte que no tengo ni la menor idea. No puedo siquiera imaginar que alguien tuviese motivos para desearle ningún mal. Mucho menos, para acabar con su vida de un modo tan horrible.

–Un abogado no es precisamente una monja de la caridad –intervine, entonces–. Quizá un cliente descontento o, al contrario, alguien a quien el juez condenó a prisión gracias a los buenos oficios de tu marido podía tener claros motivos de venganza.

–Martín no se dedicaba al derecho penal sino, preferentemente, al contencioso-administrativo. Demandas contra las administraciones públicas. Recursos contra expropiaciones, justiprecios y cosas así. Y casi siempre ganaba los pleitos que le encargaban sus clientes.

–Vaya... a ver si va a resultar que fue el delegado provincial de Fomento quien encargó el asesinato de tu marido, harto de que les ganase un pleito tras otro.

Y con ese ingenioso comentario, me gané un codazo de Souto en las costillas que me hizo ver la galaxia de Andrómeda en alta definición. Luego, me cogió suavemente del brazo y me apartó tres metros de Lorena.

–¿Se puede saber qué te pasa?

–¿A mí?

–¿A qué vienen esos comentarios? Lorena lo está pasando fatal y tú diciendo sarcasmos.

–Vaya... lo siento. Debe de ser que me ha salido la vena profesional.

–¿Y eso por qué?

–Por el cadáver. He visto cosas que no me cuadraban.

–¿Por ejemplo?

–La corbata.

–¿Qué pasa con ella?

–No pega con el traje. Es un traje corriente, incluso barato, diría yo. Y la corbata es de aúpa. Y lo mismo pasa con el calzoncillo.

–¿Qué? ¿También es de aúpa?

–¡Al contrario! Es un calzoncillo cutre. Ocean.

–Yo también uso calzoncillos Ocean.

–¡Toma, y yo! Pero ese tipo llevaba en el bolsillo un Ronson de oro y un bolígrafo Montblanc de serie limitada. No debería vestir calzoncillos Ocean.

–A lo mejor le parecen los más cómodos.

–Sí, claro. A lo mejor. ¿Y qué me dice del detalle de que le cortaran las manos? Eso se hace cuando el asesino quiere evitar que se identifique al muerto por las huellas dactilares.

–También forma parte de los rituales de ciertas mafias criminales. Y no olvides que, a veces, nos topamos con asesinos desequilibrados que actúan sin lógica ninguna.

–Cierto, comisario. Pero guardo la esperanza de que nos haya tocado un asesino perfectamente equilibrado y que actúe con toda la lógica del mundo.

El taxi apareció en ese momento e interrumpió nuestra muy civilizada discusión.

Por supuesto, me ofrecí a acompañar a Lorena de vuelta a su chalé. Cuando nos apeamos allí, un trueno sordo y lejano anunciaba tormenta.

Al llegar a la puerta de su casa, ella se volvió y me dio un beso en la mejilla.

–Gracias, Fermín.

Me quedé sorprendido.

–¿Me... estás despidiendo?

–Si no te importa. Creo que... que lo que ahora necesito es estar sola y descansar.

–O sea, que no quieres que me quede contigo esta noche. Por si tienes una pesadilla, o algo.

Lorena me dedicó una sonrisa amarga.

–Te lo agradezco, pero no es necesario, Fermín. De verdad.

–O por si aparece el tipo que se dedica a coleccionar manos de cadáveres.

–Mira que eres burro. Y ya te he dicho que no. No insistas.

Me sentí absurdamente mal. Como cuando, en la adolescencia, una chica me daba calabazas. No sé por qué razón, me resistía a aceptar el rechazo de Lorena.

–Los tranvías ya no circulan a estas horas y el taxi acaba de irse. Tendré que llamar a otro para volver al centro.

–Pues llama.

–¿Me invitas a un ron con hielo mientras lo esperamos?

Masticando hielo

–Pensaba que preferías el Chartreuse verde –dijo Lorena, mientras me servía un Havana Club Reserva Especial con hielo en copa de balón.

–¡Qué va! En realidad, odio el Chartreuse. Antes te lo pedí solo para incordiar. Por ver si te pillaba en falta.

–Pues ya viste que no.

Tras el primer sorbo, me volví hacia ella. Sus ojos de color cubalibre con angostura seguían siendo tan bonitos como cuando nos casamos. Y su condición de viuda reciente le proporcionaba un aire melancólico y frágil que acentuaba su encanto natural. Vamos, que me la habría comido a besos allí mismo.

–Oye, dime una cosa: qué significa el tatuaje que llevaba tu marido en la nalga.

Me miró largamente antes de responder.

–Pues... no lo sé, la verdad. Lo tenía ya cuando nos conocimos. Nunca se lo pregunté.

–¿Ah, no? ¡Qué raro! Si descubriera que mi mujer tiene un tatuaje misterioso en un lugar oculto del cuerpo... vaya, le preguntaría de inmediato por él.

–Por lo visto, soy menos curiosa que tú.

–Parecía... no sé... a mí me recordó alguna de las banderas de señales que se utilizan en náutica.

–¡Que no lo sé, Fermín, no insistas! Lamento no poder saciar tu curiosidad.

Alcé las manos, en un gesto de disculpa.

–Vale, vale... Tampoco es preciso que te pongas así.

Sin embargo, el detalle del tatuaje me había mosqueado notablemente. Permanecí pensativo y, sin ser consciente de ello, me eché un trozo de hielo a la boca y lo mastiqué concienzudamente.

–¡Como odio que hagas eso, Fermín!

–¿El qué? –pregunté, sorprendido por el agresivo tono de Lorena.

–¡Masticar los cubitos de hielo! ¡Esa condenada manía tuya! ¿Es que no recuerdas lo nerviosa que me ponía?

–Pues... no. Lo siento, lo siento, no me acordaba...

De manera descuidada di un trago a la copa de ron con la boca aún llena de hielo. Me atraganté y, entre angustiosos golpes de tos, acabé escupiendo el licor sobre la alfombra.

–Pero ¿qué haces? –gritó ella, poniéndose en pie de un salto.

–Disculpa...

–¡Dios, qué desastre! ¿Sabes lo que me va a costar la tintorería?

–Pues... no, la verdad. Ni lo sé ni me importa.

–¡Oh, vaya...! Sigues tan desagradable como siempre.

–¿Desagradable? ¡Lo que hay que oír! ¿Yo, desagradable? Estoy a punto de morir atragantado y tú te preocupas por lo que te costará limpiar tu condenada alfombra, seguramente tejida por niños esclavos de algún país tercermundista. ¿Y soy yo el desagradable? ¡El colmo!

Lorena hizo rechinar los dientes. De repente, su mirada arrojaba fuego. Su busto subía y bajaba al ritmo de su respiración. Parecía a punto de explotar cuando inspiró profundamente y recuperó el control de sus nervios.

–Tu taxi debe de estar a punto de llegar –dijo entonces, en un tono sordo, profundamente despectivo–. Quizá deberías salir a esperarlo en la acera.

Semejante frase merecía una buena réplica. Pero no se me ocurrió nada particularmente brillante, así que dije:

–¿Me estás echando?

–Ni más ni menos.

–No lo dices en serio. ¿A que no?

–¡Vete de aquí! –exclamó, señalando la puerta de la casa.

–Oye, Lorena...

–¡Que cojas la puerta y te largues ahora mismo de mi casa!

El tono empleado no dejaba espacio para demasiadas interpretaciones.

–¡Vale! ¡Muy bien! ¡Ya me voy! –respondí, poniéndome en pie–. ¡Pero que conste que me voy porque me echas, no porque yo quiera! O sea... al revés.

Ya estaba liada. Como si no hubieran pasado dieciséis años. Mientras me dirigía a la salida, recordé entonces que nuestros últimos meses de vida en común fueron precisamente eso: una discusión permanente.

Abrí la puerta. Desde el umbral, me volví hacia ella, dispuesto a despedirme emulando a Gregory Peck interpretando al general MacArthur.

–¡Adiós, Lorena, adiós! –exclamé, cinematográficamente–. ¡Me voy, pero volveré! Que sepas que mi proposición sigue en pie. Si alguien puede averiguar quién mató a tu marido, ese soy yo.

Lorena me miró de lejos, de un modo indescifrable.

–Solo me faltaba eso, Fermín. Anda, hazme el favor de salir de una vez por todas de mi vida.

Tras escapar por milímetros de las dentelladas del maldito perro sin pedigrí, conseguí alcanzar la acera sano y salvo. La urbanización aparecía desolada y solitaria; que no sé si es lo mismo.

Tras orientarme, eché a andar hacia la avenida principal. Enseguida, vi que el taxi que habíamos pedido se acercaba desde el fondo de la calle y estuve a punto de levantar la mano. Entonces recordé que no llevaba ni un euro encima y que pensaba pedirle a Lorena el dinero para pagar la carrera, cosa que ahora se había tornado imposible.

Así que no me quedaba más remedio que desviar la mirada, hacerme el sueco y regresar andando a mi casa.

Calculé que no me llevaría más de hora y media.

Unos minutos más tarde, justo cuando acababa de atravesar los límites de la urbanización, el taxi se me acercó por detrás y se detuvo a mi lado.

−¿Quiere que le lleve a algún sitio? −me dijo el taxista, tras bajar la ventanilla.

−No, muchas gracias. Prefiero caminar. Hace una noche magnífica. Además, no llevo dinero.

−No pensaba cobrarle nada −insistió él−. He venido hasta aquí por una llamada a la emisora, pero el cliente no ha aparecido, así que me vuelvo de vacío. ¿A dónde va?

−Al centro. A la calle Estébanes.

−¡Caray! Pero si eso está lejísimos. Ande, ande, suba.

−Pero es que...

−Mire, vamos a hacer una cosa: yo dejo encendida la luz verde. Si alguien me para, usted se baja y siempre habrá hecho ya parte del camino. Y si nadie me levanta la mano, le dejo en la calle de don Jaime, junto a la iglesia de San Gil. ¿Le parece?

Durante todo el trayecto, el chófer condujo a velocidad de Gran Premio. Vi al menos dos personas que parecían estar esperando la aparición de un taxi libre, pero ninguna de ellas alzó la mano para detenernos y así, trece minutos más tarde, como había prometido el taxista, nos deteníamos frente a la puerta de la parroquia de San Gil Abad.

−¿Le va bien aquí? −preguntó el taxista.

−De maravilla. Estoy a cien metros de mi casa. Se lo agradezco mucho.

−No hay nada que agradecer.

El tipo me miraba sonriente a través del espejo retrovisor.

−Yo, en cambio, creo que sí porque... juraría que no ha encendido usted la lucecita verde en todo el camino, ¿verdad?

El hombre se rascó detrás de la oreja.

–¡Vaya! Se me habrá olvidado.

–Gracias de nuevo. Es usted un buen tipo –le dije, saliendo del auto.

Estaba a punto de darle la espalda, cuando escuché la voz del taxista, de nuevo.

–¡Oiga...!

–¿Sí?

–Verá... lo de traerle hasta aquí no ha sido cosa mía, sino... de la señora.

Supuse que continuaría con una explicación más completa. Y en efecto, lo hizo enseguida.

–La señora del chalé, quiero decir. Llamé a la puerta para preguntar por el viajero que había encargado el servicio y ella se excusó y me pagó generosamente el coste de la carrera y el retorno. Y también me dijo que, si le veía a usted al marcharme, lo trajera hasta aquí sin cobrarle nada y... sin decirle la verdad. Pero no me gusta quedar como un buen samaritano sin serlo.

–Entiendo –dije, sin entender nada de nada.

–Es usted un tipo con suerte –sentenció entonces el taxista.

–¿Yo? ¿Por qué lo dice?

–Porque la tiene en el bote.

–¿A quién?

–¿A quién va a ser? ¡A la señora del chalé! Mire, yo no soy muy listo ni entiendo de muchas cosas, pero de señoras, un montón. Y a esa, que por cierto es una mujer de bandera, la tiene usted en el bote, que se lo digo yo.

El fin, de nuevo

Esto se acaba.

El monstruo salta sobre mí. Creo que sonríe mientras me lanza sus garras al cuello. Está claro que tiene hambre, así que supongo que no tardará en empezar a devorarme las entrañas. O tal vez le resulte más apetitoso mi cuello, no sé. No entiendo de monstruos.

En cualquier caso, ojalá sea breve. Eso es lo único que deseo. Que sea breve. Que, tras el primer mordisco, tras el primer dolor, llegue pronto la inconsciencia y la muerte. No es mucho pedir, ¿verdad?

El instinto de supervivencia me obliga a defenderme, a manotear ridículamente, a lanzarle un proyecto de puñetazo que, de antemano, sé que va a errar su objetivo.

Huir. También intento huir pero es como si me hubiesen puesto unos zapatos de cemento.

La garra me atraviesa la carne del hombro. Esto está visto para sentencia.

Ayer, 20 de julio, jueves

Me desperté a la mañana siguiente con una áspera resaca, desayuné un gran vaso de agua del grifo con sacarina y, luego, salí de casa en busca de los periódicos gratuitos.

El resto de la mañana transcurrió en medio de un extraño vapor, como un delirio absurdo en el que mi cabeza volvía una y otra vez a Lorena, la que me había echado de su casa, la que me había pagado el taxi, la que se había quedado inesperadamente viuda y, por tanto, sentimentalmente libre, de nuevo.

Y, además, posiblemente heredera de la fortuna del letrado Martín Completo Kürbis, detalle que tampoco convenía olvidar.

Paseé ensimismado por un tramo del Anillo Verde, los dieciocho kilómetros de riberas del Ebro recién habilitadas para disfrute de ciclistas y caminantes con motivo de la Expo del agua. Por fin, exhausto y con la cabeza como una olla exprés de tanto pensar sin llegar a conclusión alguna, me dirigí a La Comadreja Parda dispuesto a que Nemesio, un día más, me diese de comer a crédito.

Y allí, entonces, empezó todo. Vamos, que estas primeras cincuenta páginas han sido casi mera introducción.

Vamos, pues, al asunto.

El asunto

—¿Qué? ¿Ya tienes trabajo, Escartín?

Nemesio acababa de ponerme delante un plato con la suficiente ensaladilla rusa como para provocar una emergencia sanitaria nacional.

—No, no tengo. Lo de ayer ya te dije que era una cuestión personal. Quizá decida investigar o quizá no. Pero si lo hago será de manera particular. No tengo caso ni cliente. No tengo dinero para pagarte. Tendrás que seguir esperando. Lo siento.

Nemesio no contestó. Supuse que estaba enfadado pero no era así. Cuando retiró el plato vacío de ensaladilla y me sirvió el cuarto de pollo guarnecido de patatas fritas ultradescongeladas, permaneció junto a mí, con el brazo derecho en jarras.

Dado que me molesta sobremanera que me observen fijamente mientras como, elevé hacia él una mirada interrogante. Tardó casi medio minuto en surtir efecto pero, por fin, Nemesio comenzó a hablar.

—Pues verás, Escartín... He pensado que... que si no tienes ningún caso entre manos, quizá podrías trabajar para mí.

–¿Como pinche de cocina o sirviendo las mesas?

–¿Eh...? No, no... en lo tuyo. Como detective.

Torcí el gesto.

–Mal asunto, Nemesio. No se debe investigar para los amigos. Corres el peligro de averiguar sobre ellos cosas que nunca habrías querido saber. Era el primer consejo que aparecía en el curso de detective privado por correspondencia de la academia CEAC. Lo siento, pero no puedo aceptar.

–Vale.

Dijo. Y se marchó sin insistir.

Mientras devoraba el pollo, comencé a sentirme fatal por haber rechazado la inesperada oferta de trabajo de Nemesio. Tan mal me sentía que, tras los primeros bocados, un bolo alimenticio se me atravesó en el esófago; durante un tiempo interminable, pese a golpearme repetidamente el pecho con la contundencia propia de un gorila adulto, no conseguí que avanzase ni para atrás ni para adelante. El condenado bolo tardó más de cinco minutos en pasar. Creí que me moría allí mismo.

Cuando, por fin, conseguí que la pelota de pollo y patatas siguiese su avance por mi aparato digestivo, Nemesio se me acercó de nuevo.

–¿Ocurre algo, Nemesio?

–¿Qué va a ocurrir? Nada. ¿Postre?

Nemesio es un hombre transparente. Me di cuenta de que estaba molesto.

–Está bien... Anda, cuéntame lo que te pasa. Cuéntame por qué quieres contratarme.

Esta vez tardó solo veinte segundos en contestar. Muy rápido, para tratarse de Nemesio.

–No es nada, en realidad. Simplemente que... que mi cuñado... ha desaparecido. No es que sea mi problema pero... había pensado que podría contratarte para investigar su paradero a cambio del dinero que me debes. Eso, al principio. Luego, cuando se agote mi crédito, te pagaría como cualquier cliente. No es por mí. Es por Emilia, mi mujer, que lo está pasando mal.

–¿Lo dices en serio? Lo de contratarme, digo.

–En serio, sí.

–De acuerdo. Pero tendrás que adelantarme quinientos euros para los primeros gastos. Es lo habitual.

–Hecho.

–Pues ya está. Ya tienes detective.

–¿Ya?

–Sí, ya. ¿Qué tienes de postre?

–Flan chino, arroz con leche o pera en almíbar.

–Siempre lo mismo. No sé para qué pregunto.

–Ni yo.

–Anda, tráeme un café solo y siéntate aquí, conmigo. Tienes que darme todos los detalles que puedas sobre el asunto ese de tu cuñado.

–¿Aquí mismo? ¿No vas a llevarme a tu despacho?

–Eeeh... No. No, Nemesio, no. Prefiero hacerlo aquí. Es que... tengo el piso en obras, ¿sabes? Voy a cambiar el parqué flotante de cedro americano por mármol de Carrara. Es más fácil de limpiar, ¿no crees?

–¡Hombre...! No hay comparación.

53

Concuñados

El cuñado de Nemesio era, en realidad, el marido de la hermana de su mujer, o sea que más lejano y ajeno no le podía ser, aun considerándolos parientes políticos. Pero, según me explicó mientras nos tomábamos dos tazas de ese brebaje oscuro y misterioso que Nemesio vende a sus clientes disfrazado como café, Emilia, su mujer, llevaba dos días poniéndose pesadísima con que tenían que echarle una mano a Amelia, su hermana menor, que llevaba ya casi tres días sin noticias de su marido.

–¿Sabes en qué circunstancias desapareció tu cuñado?

–¿Eh?

–¿Qué pasó? ¿Dijo que iba a por tabaco, se fue a trabajar como cada día, salió a escalar el Moncayo...? ¿Qué?

–Ni idea –dijo Nemesio elevando los hombros–. La verdad es que no he prestado mucha atención al asunto. Mira, lo mejor es que vayas a hablar con ella. Con mi cuñada, digo.

–Sí, será lo mejor. Porque tú, desde luego, te explicas peor que el hombre del tiempo de Telecinco.

Tomé un par de servilletas de papel y le cogí a Nemesio el lapicero de apuntar las comandas, que sobresalía del bolsillo superior de su camisa.

–¿Cómo se llama tu cuñado?

–Estólido.

Alcé la vista hacia Nemesio. Luego, lancé una mirada lenta a mi alrededor.

–¿Qué es esto? ¿Un programa de cámara oculta? ¿Qué clase de nombre es ese?

–Un nombre que jamás le pondría yo a un hijo mío. Pero es el suyo, de verdad. Estólido Martínez. Su mujer, mi cuñada, se llama Amelia. Amelia Mantecón.

–Vaaale –resoplé mientras lo apuntaba–. ¿Dirección?

–Viven en Artiga.

–¿Cómo? ¿Calle de la Ortiga? No la he oído en mi vida.

–Ortiga, no. ¡Artiga! Y no es una calle. Es un pueblo. Un pueblo de los Monegros. Cerca de Farlete, creo.

–¡No me fastidies! ¿Y cómo voy hasta allí?

Nemesio alzó los hombros, de nuevo.

–Hay un autobús de línea. Me parece.

–No me vale. Desde pequeño, soy alérgico a los autobuses. En cuanto subo en uno, me salen ronchas.

–Y no tienes coche, claro.

–Ni tengo ni he tenido nunca –proclamé, orgulloso, alzando el índice izquierdo–. Ni siquiera tengo carné. Solo el de moto pequeña, que me lo saqué a los dieciséis años, cuando aún no tenía uso de razón.

Nemesio elevó ahora las cejas.

–¡Pues ya está! ¡Solucionado! Yo tengo una Vespa de ciento veinticinco. Te la puedo prestar, si quieres.

–¿Tienes una Vespa? ¿En serio? Chico, eres un pozo de sorpresas.

–Hace diez o doce años que no la pongo en marcha, pero una Vespa es como un mechero de yesca. Seguro que no hay problema para arrancarla. ¿Vamos a verla? La guardo aquí al lado, en el almacén.

En efecto, la Vespa de Nemesio, de color plateado y en un estado sorprendentemente bueno de conservación pa-

55

ra tener más de veinte años, arrancó sin muchos problemas en cuanto le soplamos los chiclés del carburador y la alimentamos con un par de litros de mezcla en el depósito.

–Considérala tuya hasta que resuelvas el caso –me dijo su dueño–. Pero las multas corren de tu cuenta.

–De acuerdo. Aunque eso me recuerda que para circular en moto es obligatorio el uso del casco.

–No hay problema: te dejo el mío.

Independientemente de que la higiene capilar de Nemesio deja bastante que desear, su cabeza es, al menos, dos tallas más grande que la mía, de tal forma que utilizar su casco yo creo que resultaba más peligroso para mi integridad física que no llevar nada pero, eso sí, me permitía cumplir con el código de la circulación.

No quise ni mirarme de reojo en los escaparates frente a los que circulaba porque debía de parecer la hormiga atómica en escúter, así que, con la vista al frente y el porte lo más digno posible, di gas a la Vespa para abandonar las calles de mi querido casco viejo por el Coso bajo, cruzar el Ebro sobre el puente de hierro, enfilar la interminable avenida de Cataluña y, tras atravesar el barrio de Santa Isabel, tomar la carretera de Sariñena. Pocos kilómetros después de dejar atrás Villamayor, encontré a mano derecha el desvío que me iba a conducir a Artiga de Monegros pasando previamente por Farlete y Monegrillo, quizá los tres pueblos más representativos de lo que supone vivir en medio del mayor desierto de la Europa meridional.

La Vespa de Nemesio no pasaba de sesenta por hora ni cuesta abajo; ni tampoco resultaba conveniente hacerlo, dado el estado de las suspensiones del vehículo y mi escasa destreza en su conducción, así que me llevó casi hora y media llegar hasta Artiga, atravesando un paisaje –lunar a ratos, a ratos infernal–, que me hizo recordar las canciones predemocráticas de José Antonio Labordeta. Porque, es verdad que hemos cambiado mucho estos últimos treinta años. Si mi abuelo levantase la cabeza, no reconocería este Aragón ni esta España del siglo XXI pero lo cierto es que en cuanto escarbas un poquito en la superficie, en cuanto dejas las carreteras nacionales y tomas el primer desvío a mano derecha, aparece como de la nada la verdadera dimensión de esta tierra, su esencia auténtica: polvo, niebla, viento y sol.

Apenas a medio kilómetro de distancia, un tren AVE atravesó el desierto a trescientos cincuenta kilómetros por hora, en medio de un rugido apocalíptico que me arrancó de mis meditaciones. A eso me refiero. Lástima que el AVE no pare en Artiga. Lástima que en Artiga ningún tren haya parado jamás.

Amelia Mantecón

La mujer que me abrió la puerta de la casa de la calle del Rosario que Nemesio me había apuntado en un papel resultó ser algo más joven y mucho más atractiva de lo que yo me había imaginado.

–¿Amelia?

–Sí.

–Buenas tardes. Me llamo Fermín Escartín. Soy detective privado. Vengo de Zaragoza. Me envían su hermana Emilia y su cuñado Nemesio, por si puedo ayudarla.

Al escucharme, me pareció a punto de echarse a llorar. Al tiempo, intentó sonreír mientras me invitaba con un gesto a pasar al interior de la casa.

La casa era grande pero sencilla, sin lujo alguno, sin gusto alguno en su decoración. Mejor dicho: todos los muebles parecían puestos allí sin el menor afán por crear con ellos algo similar a una decoración. Como si el gran dios del mobiliario hubiera tomado al azar unos cuantos restos de catálogos diversos, los hubiese arrojado al aire y se hubiese conformado con el azaroso resultado. Un sofá pasado de moda, en tela verde, con pañitos de encaje en los brazos. Un televisor antiguo, de los de tubo catódico y mueble de madera en acabado *sapelli*, sobre una mesa de formica, con ruedecitas y revistero incorporado. Otra mesa, esta de madera de árbol, cubierta por un hule de cuadros rojos y blancos. Un óleo falso, de gran formato, con una escena de caza en la campiña galesa y un urogallo en primer plano. Un calendario de pared con una foto de los mallos de Riglos y publicidad de la pastelería del pueblo. Una cómoda de tres cajones, imitación Amadeo de Saboya, con todo el aspecto de guardar la mantelería buena, la de las grandes ocasiones. Una lámpara de pie con el fanal de pergamino y borlitas de lana de colores colgando del borde inferior... En fin, un verdadero disparate decorativo, solo comparable al de mi propio piso.

Amelia me hizo pasar al cuarto de baño, para que pudiera lavarme la cara, cubierta por el polvo acumulado durante el camino. Mientras, preparó té y pastas, en torno a los cuales iniciamos el interrogatorio básico, en forma de amigable y distendida conversación.

–Cuénteme cuanto considere interesante sobre el caso de su marido, haga el favor.

La mujer inspiró y asintió.

–Es muy sencillo, señor Escartín: mi marido salió de casa el pasado lunes por la mañana, a primera hora, y ya no volvió a comer. Desde entonces, no he tenido la menor noticia de él.

Al escuchar aquella frase, sentí a la altura del diafragma la punzadita incómoda de una mala sensación. Quedé levemente desconcertado hasta que recordé que la frase de Amelia era prácticamente idéntica, palabra por palabra, a la que había utilizado Lorena para hablar de la última vez que vio con vida a Martín Completo, su marido.

Al parecer, el pasado lunes había sido un mal día para ciertos matrimonios. Sobre todo, para la parte masculina de esos matrimonios. Por supuesto, deseé que este caso no terminase del mismo modo que aquel. Desde el primer vistazo, Amelia me había caído bien.

–¿Sabe a dónde fue?

–No me dijo nada. Supuse que a dar una vuelta por nuestras tierras, como de costumbre.

–¿Ha presentado denuncia?

–Por supuesto, fui al cuartelillo de la Guardia Civil al día siguiente, martes, por la mañana.

–¿Su marido pasa noches fuera de casa con alguna frecuencia?

–Jamás. Ni siquiera falta nunca a comer. La misma tarde del lunes yo ya tenía la seguridad de que le había ocurrido algo malo.

–¿Intentó entonces llamarle al móvil?

–No usamos teléfono móvil.

«Vaya par de raros», recuerdo que pensé.

De pronto, me percaté de que tampoco yo utilizo la telefonía móvil. Solo que, en mi caso, no es por esnobismo sino por falta de pasta, porque el día en que me vea con dinero abundante en el bolsillo, me voy a comprar un móvil de esos que hasta predicen el tiempo que hará en Hawái el mes siguiente. Claro que, por otro lado... ¿para qué demonios necesito yo un móvil, si no tengo a quien llamar?

–¿Y por qué no denunció su desaparición hasta el martes?

–No sé... simplemente, porque... tengo entendido que hasta pasadas veinticuatro horas, la policía no actúa en casos de desaparición de personas adultas.

–¿Quién le ha contado eso?

–Nadie. Lo... he visto en las series de la tele.

Bendita televisión. Cuánta cultura jurídica norteamericana nos ha enseñado en todos estos años.

Sonreí a mi interlocutora, que me miraba con la esperanza en los ojos. Poseía Amelia una belleza serena y rural, como la de una oveja. Sus ojos eran pequeños, ovalados y hermosos. A pesar del calorazo, llevaba una chaquetilla de punto, de manga larga, sobre el vestido estampado de fibra sintética, que no le favorecía en absoluto. Pensé que, en cambio, bien peinada y vestida de Carolina Herrera tendría que estar despampanante.

–¿Podría prestarme una fotografía reciente de su marido?

Amelia lo meditó un instante.

–Creo que sí, que tengo una por aquí –dijo, levantándose y saliendo de la habitación.

Regresó en menos de un minuto con la fotografía de un tipo fuerte y atractivo, de pelo moreno y gesto huraño, acentuado por un bigote estilo Pancho Villa y gafas de montura algo anticuada. La imagen estaba tomada ante una de las inconfundibles cascadas del parque natural del Monasterio de Piedra. Tras contemplarla un momento, me la guardé en el bolsillo interior de la chaqueta. Al hacerlo, mis dedos tropezaron con la foto que había hurtado el día anterior de la casa de Lorena, esa en la que aparecían ella y su marido muerto ante la torre Eiffel. Lo había olvidado.

–Dígame... ¿sabe de alguien que pudiera tener motivos para hacerle daño a su marido?

Amelia pareció horrorizarse ante la idea.

–¿Daño a Estólido? ¡Por supuesto que no! Pero si es un hombre queridísimo en el pueblo. Un agricultor comprometido con su profesión, con esta tierra, con la ecología... y aunque no es natural de aquí, se ha integrado de maravilla en los seis años que lleva viviendo conmigo. No logro imaginar que alguien pudiera quererle mal. Imposible.

Batista y Zapata

–¿Alguien que odie a Estólido? Si quiere, le hago una lista. Le podría dar cuarenta nombres, al menos. En este pueblo no tiene más que enemigos. ¿Sabe cómo lo llaman? Estúpido. Estúpido Martínez. Llegó aquí hace seis años creyéndose el amo del lugar y más listo que nadie porque venía de la capital y había estudiado en colegio de curas. Es uno de esos agricultores de documental, que se las dan de ecologistas y que desprecian a los que cultivan la tierra de manera tradicional, que aquí son todos. No hace más que venir al cuartelillo a poner denuncias contra sus vecinos. Que si uno sulfata en día de viento y el pesticida llega a sus campos; que si ese otro ha plantado semillas transgénicas y está arruinando sus cultivos... Campos y cultivos que no son suyos, además. Quiero decir: que no fueron suyos hasta que se casó con Amelia.

—Vamos, que la dueña de las tierras era ella.

—En efecto, son las de los Mantecón, la familia de Amelia, gente del pueblo de toda la vida. Él no es más que un advenedizo. Yo creo que no había visto una azada hasta que llegó a Artiga. Y, ya le digo, desde entonces lo suyo es una bronca continua.

—Yo diría que le cae mal.

—¡Eh! No me entienda mal. No estoy diciendo que Estólido sea mala persona, ¿eh? Puede que lo piense, pero no lo digo, que conste. Sin embargo, lo cierto es que en este pueblo lo tienen atragantado hasta los niños de pecho.

El sargento de la Guardia Civil Fulgencio Batista, jefe del puesto de Artiga de Monegros, desde el que se atendía a una amplia zona que abarcaba tres municipios, era un tipo curioso; rubio como un angelote de Tiépolo, alto, atlético y de piel sonrosada como un calamar. En las playas de Benidorm y ataviado con un bañador ajustado, habría pasado por un saltador de trampolín del equipo olímpico noruego.

Lo más llamativo para mí era que el suboficial de la Benemérita acababa de darme una versión del cuñado de Nemesio radicalmente distinta a la ofrecida minutos antes por la esposa del desaparecido.

Ante tamaña disparidad de criterios, quizá lo más lógico habría sido inclinarse por la opinión del sargento Batista y considerar la favorable opinión de Amelia como una fantasía, fruto del amor conyugal. Pero... allí había algo que no me convencía. Algo raro. Desde el mismo momento en que me abrió la puerta de su casa y la miré a los ojos, tuve la clarísima sensación de que aquella mujer no estaba en absoluto enamorada de su marido. Su defensa a ultranza de la bonhomía de Estólido no me cuadraba ni a la de tres.

Mientras Batista terminaba de poner a caldo al ausente, hizo su entrada en el cuartelillo un guardia joven, moreno y pulcro, al que Batista se dirigió llamándole Emiliano. El recién llegado me miró con sorpresa y curiosidad antes de dar novedades a su superior y, de inmediato, se retiró discretamente, permitiéndonos reanudar nuestra conversación.

–¿Qué piensa hacer, sargento?

–¿Respecto a qué?

–Respecto a la desaparición de Estólido Martínez, naturalmente. ¿Por dónde piensa iniciar las pesquisas?

Batista parpadeó. Esos segundos de silencio me permitieron escuchar los pasos del guardia Emiliano subiendo la escalera que conducía al primer piso de la casa cuartel.

–¿Pesquisas? Oiga, mire, detective... Que yo sepa, todavía no ha ocurrido nada. La desaparición de un adulto, sin otros indicios, hay que considerarla voluntaria hasta pasado un tiempo razonable. Y yo, desde luego, no pienso mover un dedo si no me lo ordena un juez instructor. En estos pueblos se producen desapariciones como la de Estólido con cierta frecuencia.

–¡No me diga!

–Pues claro. Todo el que puede permitírselo, desaparece unos días de cuando en cuando.

–¿Por qué?

–¿Por qué? ¡Porque esto no hay quien lo aguante, hombre! Si viviese usted aquí, lo entendería. ¿Y sabe dónde puede buscar a todos esos desaparecidos? En Zaragoza. En la zona de clubes de alterne cercana a la Universidad.

–Comprendo.

–Pues ya está. Además, ¿qué quiere que haga? ¿Sabe cuántos guardias tengo bajo mi mando? Solamente a Emiliano, el muchacho que acaba de entrar. Estamos los dos solos para atender tres municipios, con un territorio total que multiplica por diez la extensión de Barcelona. Si tanto le preocupa el paradero de Estúpido, investíguelo usted, que para eso le pagan.

Desde luego, no se podía decir que el sargento Batista se anduviese con circunloquios. Exhibí una sonrisa de circunstancias y me levanté, dispuesto a marcharme.

–Gracias por su tiempo, sargento.

–Para servirle, ciudadano.

–Ah, solo una cosa más.

–Usted dirá.

—Estará acostumbrado a que la gente se extrañe por su nombre.

El sargento me miró, sin comprender.

—¿Qué le pasa a mi nombre?

—No, nada, pero se llama usted igual que el dictador cubano...

—¿Se refiere a Fidel Castro?

—¡No, claro que no! Fidel Castro se llama Fidel Castro. Me refiero al dirigente anterior a Castro, el que fue derrocado por la revolución. Se llamaba Fulgencio Batista, como usted.

El guardia Civil me miró como si le hubiera hablado en sueco.

—¿Está seguro?

—Segurísimo.

—Vaya... ¿Y por qué mi padre nunca me lo dijo?

Cuando abandoné el cuartelillo de la Benemérita de Artiga, el tiempo había pasado de caluroso a plomizo y negrísimas nubes comenzaban a desarrollarse sobre las cabezas de los monegrinos.

Decidí que había trabajado ya bastante por ese día y que lo mejor sería ponerme en camino de regreso hacia Zaragoza. Incluso —¿por qué no?— al llegar a la capital, podía investigar la pista insinuada por el sargento Batista. La de los clubes de alterne de la zona de la Universidad. Tal vez tuviera razón y el cuñado de Nemesio anduviese por allí, invitando a cubalibres a las empleadas de alguna barra americana.

Una multa

Había dejado la Vespa aparcada en la Plaza de España, frente al ayuntamiento del pueblo. Cuando la fui a buscar, encontré un papelito de color rosa, cuidadosamente doblado y sujeto por la visera del parabrisas.

–¡No es posible...! –gruñí al descubrirlo–. ¿Me han puesto una multa? ¡Una multa de aparcamiento en este pueblo miserable!

Comprobé que de la fachada de la casa consistorial colgaban dos placas de estacionamiento reservado a vehículos oficiales. La superficie de las señales se hallaba tan desgastada que parecían pintadas al pastel. Pero supongo que eso no las invalidaba.

Maldiciendo por lo bajo, desdoblé el papel con escaso cuidado. En efecto, se trataba de un impreso de denuncia por infracción al código de la circulación. Pero, ante mi sorpresa, ninguna de las casillas reglamentarias aparecía cumplimentada. En lugar de eso, un lacónico mensaje, escrito con rotulador grueso, ocupaba buena parte del dorso de la hoja.

Un mensaje de tan solo dos palabras pero que no podía resultar más inquietante.

TODOS MIENTEN

Justo en ese momento, un relámpago intensísimo iluminó la comarca entera. Casi de inmediato, el trueno, pavoroso, hizo temblar el aire, cargado de ozono, indicando que la tormenta estaba allí mismo, sobre la vertical de Artiga, presta a desplomarse sobre nuestras cabezas.

Las primeras gotas apenas tardaron unos segundos en precipitarse desde el cielo, y eran enormes, como cabezas de bebé.

El bar Rey de copas estaba situado justo frente al cuartelillo de la Benemérita. Allí me refugié de la tormenta; y no fue por casualidad sino porque la curiosidad me empujó a ello. La curiosidad por averiguar qué significaba aquella nota misteriosa que había hallado prendida en el parabrisas de la Vespa.

El dueño del Rey de copas era un hombre mayor, agrio y enjuto. Con boina.

–¿Qué desea?

–Un café solo, por favor. Si no le importa, me lo lleva a aquella mesa de allí. Esa desde la que se ve la puerta del cuartelillo de la Guardia Civil –le indiqué, con toda intención.

–¿Quiere vigilar la puerta del cuartelillo?

–Pues sí. ¿Cómo lo ha adivinado?

–¿Es usted un terrorista?

–¿Qué? Ah, no, no... Soy detective privado. Me han encargado vigilar al sargento Batista –mentí–. Su mujer cree que le engaña con otra.

El hombre lanzó entonces una carcajada espectral.

–¡Qué bobada! El sargento es más fiel que un hincha del Atleti, que se lo digo yo. Nunca lo pillará en falta. Nunca. Va del trabajo a su casa y de su casa al trabajo, sin perderse jamás por el camino.

–O sea, que no vive en la casa-cuartel.

–No. Hace muchos años que se instaló aquí, en el pueblo, como un vecino más. Eso nos gusta, porque significa que quiere quedarse definitivamente. Los que viven en el cuartelillo es porque están deseando largarse de aquí en cuanto puedan.

Como el dueño del bar había adelantado, unos minutos más tarde, Fulgencio Batista abandonaba muy ufano el cuartelillo, protegiéndose de la lluvia con un paraguas de pastor, bajo el que se habría podido refugiar un rebaño entero, perro incluido. Era mi oportunidad.

–No es que no me fíe de usted, amigo –dije, levantándome de la mesa– pero debo cumplir con mi trabajo.

–¡Allá usted! No hará más que perder el tiempo. La reputación del sargento Batista es inmaculada.

De inmediato, pagué mi consumición y salí del establecimiento. Sin embargo, al contrario de lo que imaginaba el dueño del Rey de copas, no seguí los pasos del suboficial, sino que, dando un pequeño rodeo, crucé la calle y me dirigí a la parte trasera de la casa-cuartel.

Un secreto

Tras golpear una sola vez la puerta posterior con los nudillos, y casi de inmediato, como si me hubiese estado esperando, el joven guardia al que había visto entrar anteriormente acudió a abrir.

–Buenas tardes. ¿Qué desea? –dijo, abriendo apenas dos palmos la puerta.

—Me llamo Fermín Escartín. Soy quien hablaba antes con el sargento y quien ha venido conduciendo la Vespa de color plateado que está aparcada frente al ayuntamiento.

El guardia civil permaneció inmóvil unos instantes y luego, de repente, asintió con la cabeza y me franqueó el paso al interior del cuartelillo.

—Sabía que era un tipo listo —dijo—. Adelante, por favor.

Se lo agradecí porque, tras un leve paréntesis en el que la lluvia había amainado, ahora volvía a diluviar sin contemplaciones.

El muchacho, siempre actuando con gestos cargados de precaución y misterio, me condujo, a través de un largo pasillo y de dos tenebrosos tramos de escalera, hasta la vivienda que ocupaba, en el primer piso de los dos que la casa-cuartel poseía. En aquellos momentos el muchacho era el único inquilino del edificio, pues el sargento Batista, como ya me había quedado claro en el bar, disponía de vivienda propia en el pueblo.

Me ofreció asiento en un sillón de escay azul cuyos muelles habían muerto mucho tiempo atrás y él se sentó frente a mí, en una silla de estilo castellano.

—Veo que ha descubierto enseguida que fui yo quien le dejó la nota en la moto.

—Hombre, teniendo en cuenta que me la escribiste en un boletín de denuncias de los que utiliza la Guardia Civil, hasta un chimpancé lo habría deducido.

—¿Le apetece un vaso de vino?

—Bueno.

69

Mi anfitrión entró en la cocina con decisión, se acercó hasta un pequeño frigorífico que habría merecido estar en el museo Kelvinator, sacó una botella mediada de tinto, tomó dos vasos del escurridor y se dirigió con todo ello hasta mí.

–Tenga –me dijo, alargándome uno de los vasos, con tres dedos de vino. Por cierto, me llamo Zapata. Emiliano Zapata.

Lo miré de hito en hito.

–¿Sí? ¿Cómo el famoso revolucionario mexicano?

–Sí. Igual, igual. Pero no somos familia, que yo sepa.

Alzamos los vasos y bebimos.

–La extraña manera que has tenido de llamar mi atención me indica que no quieres que nadie se entere de esta entrevista –le dije.

–Por supuesto que no. Tiene usted toda la razón.

–Pues... tú dirás. Desde luego, has conseguido atraer mi curiosidad. Especialmente, con el texto de tu nota, tan conciso y tan... misterioso.

Zapata tragó saliva y asintió con la cabeza.

–Sí. Sí, señor Escartín. Pero lo que escribí en ese papel es la pura verdad, se lo juro: todos mienten en este pueblo.

Me encogí de hombros, sin dejar de sonreír.

–En este pueblo y en todos los pueblos. Todo el mundo miente, Emiliano.

–Sí, ya, pero esto... es diferente. Aquí, en Artiga, todos ocultan un secreto.

Cada nueva frase de Emiliano suscitaba en mí un ramillete de preguntas pero decidí guardar silencio, dejarle exponer su discurso sin interrupciones y tratar de aclarar al final los puntos más oscuros.

–Verá, señor Escartín. Yo llegué destinado aquí, a Artiga, hace algo más de seis meses. Y enseguida tuve la sospecha de que sus habitantes se comportaban de un modo extraño. Al principio, pensé que sería cosa del desierto. La vida aquí, en plenos Monegros, imprime en las personas un carácter peculiar. Pero... pronto me di cuenta de que había algo más. Algo concreto, tangible. Algo que la mayoría de los vecinos del pueblo compartían como un... ya le digo: como un secreto.

–¿A qué te refieres, exactamente?

–Dígame: ¿alguien le ha hablado de los hombres del Mercedes? –me preguntó, tras meditarlo unos instantes.

–¿Los... hombres del Mercedes? –repetí, frunciendo el entrecejo–. Pues... no. ¿Quiénes son esos hombres?

–¡No lo sé! Yo llevaba apenas una semana aquí cuando aparecieron por vez primera a bordo de un Mercedes largo, negro, de cristales tintados, conducido por un chófer con gorra de plato. Eran cuatro: tres hombres y una mujer. Trajes oscuros, gafas de sol, maletines de ejecutivo... Aparcaron frente al ayuntamiento y subieron al despacho del alcalde, donde les esperaban él, los concejales, el señor cura y varios de los vecinos más notables.

–Las fuerzas vivas del pueblo, vaya.

–¡Exacto! Estuvieron toda la mañana reunidos. Cuando se fueron, le pregunté al sargento qué significaba todo aquello. Él me respondió que no era cosa mía.

–¿También el sargento Batista acudió a la reunión?

–Pues... no. Permanecimos los dos aquí toda la mañana. Pero estoy seguro de que él se hallaba al corriente de lo que se estaba tratando allí.

–¿Y han vuelto al pueblo? Los del Mercedes, digo.

–Solo uno de ellos, en otras tres ocasiones; la última, hace unas dos semanas. Y siempre para reunirse en el ayuntamiento con un grupo de vecinos del pueblo.

Me recliné en el sillón, que gimió como un alma en pena.

–De modo... que no sabes quiénes son esos hombres ni lo que venían a tratar al pueblo.

–No. Y eso es lo que más me extraña.

–¿El qué? ¿Que los habitantes de Artiga no quieran compartir contigo sus secretos?

–¡Exactamente!

Emiliano sudaba por todos los poros de su rostro. Y su expresión resultaba muy poco tranquilizadora.

–Quizá... te consideren todavía alguien ajeno al pueblo y les cueste sincerarse contigo.

Emiliano me miró atravesadamente mientras dejaba escapar un gruñido.

–¡No me haga reír! Mire, detective: yo ya he tenido tres destinos, en tres pueblos similares a Artiga. Si algo he aprendido es que, en sitios pequeños como este, resulta imposible guardar un secreto. Todo lo que ocurre, ¡todo! se sabe de inmediato. Basta ir al bar y tomarse un chato de vino con las orejas bien abiertas para enterarse en diez minutos de todos los trapos sucios de la vecindad. ¡Pero aquí no! ¡En este caso, no! Cuando he intentado averiguar quiénes eran los hombres del Mercedes y qué habían venido a hacer aquí, me he encontrado con el silencio más absoluto. ¿Sabe usted lo difícil que es eso?

–Dicho así, resulta algo extraño, desde luego...

–Esta gente está metida en un asunto muy gordo, que se lo digo yo, detective Escartín. ¡Algo muy gordo!

Lo decía alzando el dedo índice al cielo mientras abría los ojos de par en par. Empecé a pensar si el pobre guardia Zapata no estaría un poco mal de la cabeza, así que decidí evitar a toda costa llevarle la contraria o restar importancia a sus sospechas, no fuera a sufrir un brote psicótico de esos que se subliman disparando un sinfín de ráfagas de fusil ametrallador.

–Oye, Emiliano... se te ocurriría apuntar la matrícula del Mercedes, ¿no?

–Por supuesto. ¿Por quién me toma? Y, después, le pedí a un amigo de la comandancia de Zaragoza que consultase la base de datos.

–¿Y...?

–El coche pertenecía a una empresa de Barcelona especializada en alquiler de vehículos de lujo con conductor. Me puse en contacto con ellos por teléfono pero se negaron a darme información sobre sus clientes. Y eso que les dije que se trataba de una investigación abierta por la Guardia Civil.

–Son muy precavidos, por lo visto.

El joven guardia se levantó, fue en busca de una cartera de cuero negro y sacó de ella un papel, que me tendió.

–Tenga, detective. Estos son los datos de la empresa que le digo. Quizá usted sepa cómo ir más allá. Yo no lo consigo y le aseguro que esto me está matando. Estoy convencido de que en este pueblo está ocurriendo algo raro. Y grave, muy grave. Pero no consigo encontrar el hilo del que tirar. Hágalo usted por mí.

Tomé el papel, lo leí y, luego, miré a Emiliano.

–Mira, muchacho... no digo que no tengas razón y que aquí no haya un asunto turbio, pero... lo cierto es que ese no es mi caso. No es mi trabajo.

El rostro del joven guardia civil reflejó una total desolación.

–¿Qué? ¿No va a investigar, entonces?

–¿Por qué razón habría de hacerlo?

Zapata sacudió la cabeza.

–Pues porque... porque es preciso acabar con los delincuentes, enfrentarse al crimen... ¡parar el mal!

Sonreí sin saber si la aparente ingenuidad de aquel chico era realmente sincera.

–Lo siento. Yo tengo que intentar localizar a un tipo que ha desaparecido. Lo de acabar con la maldad humana tendré que dejarlo para otra ocasión.

Me bebí de un trago el resto del vino que quedaba en mi vaso y me levanté del sillón. Creo que él intentó iniciar una protesta pero no encontró las palabras, así que no me detuvo cuando me dirigí a la puerta del piso.

Pero, de pronto, con la mano sobre el picaporte, una luz se encendió en mi cabeza. Me volví hacia el guardia.

–Emiliano, estaba pensando que... ¿recuerdas si a esa reunión con los hombres del Mercedes negro acudió Estólido Martínez?

–¿Estólido...? ¡Ah, ya caigo! Su mujer es esa señora tan guapa... Amalia.

–Amelia.

Emiliano consultó unas notas que sacó del bolsillo.

–Pues sí. Sí, señor. El hombre que usted dice fue uno de los que se reunieron con los hombres del Mercedes.

Arqueé las cejas, en un gesto que quiso ser de complicidad.

–En ese caso... quizá sí pueda investigar ese asunto que tanto te preocupa... en la parte que pueda relacionarse con mi propio cliente.

–¡Eso sería estupendo, detective! –exclamó Zapata, estrechándome la mano efusivamente–. ¡No sabe cómo se lo agradezco! ¿Me tendrá al corriente de sus hallazgos?

–Cuenta con ello.

El diluvio

Cuando iba a abandonar, por segunda vez aquella tarde, el cuartelillo de la Guardia Civil, la tormenta continuaba, imperturbable. El cielo de los Monegros se deshacía en furiosas cataratas. Resultaba imposible pensar en regresar a Zaragoza a lomos de la Vespa de Nemesio con semejante diluvio.

–¿Sabes si hay en el pueblo algún hotel o casa de huéspedes, Emiliano?

–Pues... que yo sepa, no. ¿Quién se va a quedar a dormir en un sitio como este? Por lo visto había un hostal de mala muerte junto a la gasolinera, pero cerró hace tiempo. En Lanaja creo que hay un par de casas de turismo rural, pero seguramente hay que reservar con tiempo. Para hoteles de verdad, hay que ir a Leciñena o Sariñena.

–Vamos, que no.

75

—Mucho me temo que, si quiere pasar la noche en Artiga, tendrá que acudir a la caridad de alguno de los vecinos, que lo quiera alojar en su casa.

Miré entonces al guardia. Primero a los ojos y luego, junto con un largo carraspeo, por encima de su hombro. Emiliano me comprendió enseguida.

—¡Oh...! Créame que lo siento, señor Escartín, pero yo aquí no soy más que un inquilino. No le puedo permitir utilizar las dependencias de la casa-cuartel. Tendríamos que solicitarlo a la superioridad.

—¿Y quién se iba a enterar, hombre?

—No, nadie, nadie, es verdad. Pero no está bien. Es antirreglamentario.

Me pareció una actitud tan despreciable que, en cuanto me repuse de la sorpresa inicial, negué con un gesto rápido.

—Bien. No es problema. Ya me las apañaré. Muchas gracias, Emiliano.

—De nada.

—En efecto: de nada —repliqué, procurando que se hiciera patente mi tono sarcástico.

La entrada principal del cuartelillo disponía de un pequeño porche en el que me detuve a meditar mi siguiente movimiento. La lluvia caía con tal fuerza que, de haberme llamado Noé, me habría puesto a construir un arca de inmediato. Aun permaneciendo bajo el porche y tan retirado de la intemperie como me era posible, las salpicaduras de la lluvia comenzaron a mojar los bajos de mis pantalones.

La tormenta era tan cerrada que la noche parecía haber llegado con adelanto. Los relámpagos no eran meros destellos de flash, sino largas explosiones de luz que duraban varios segundos, iluminando el pueblo con la intensidad de un campo de fútbol de primera división.

Los truenos parecían los gritos de dolor del mundo al dividirse en dos.

En aquellas circunstancias, resultaba imposible realizar cualquier desplazamiento, por corto que fuera, sin quedar instantáneamente empapado hasta los huesos. Me apoyé contra la fachada de la casa y, cruzado de brazos, me resigné a permanecer allí hasta que amainase la tormenta definitivamente.

Diez minutos más tarde, a mi lado, se abrió la puerta de la casa y asomó de nuevo, desde el interior, Emiliano Zapata.

–Veo que sigue usted aquí –dijo–. Imaginaba que no habría ido muy lejos, con lo que está cayendo.

–Ya ves...

Corroboré, suponiendo que, en un arranque de caridad cristiana, me permitiría guarecerme de nuevo en el cuartelillo. Pero Emiliano debía de ser ateo porque, en lugar de invitarme a entrar, me tendió un paraguas plegable, de señora. Una birria de paraguas.

–Tenga –dijo–. Se lo debió de dejar aquí alguien tiempo atrás. He pensado que le vendría bien.

–Qué amable, Emiliano –dije, en el tono más cáustico que encontré en mi repertorio–. ¡Pero qué amable!

Por increíble que pueda parecer, diez minutos más tarde llovía aún con más fuerza. La humedad había ascendido por las perneras de mis pantalones hasta medio muslo y yo empezaba a pensar en lo que ocurriría cuando me alcanzase la entrepierna.

En ese momento, distinguí las luces de un automóvil que se acercaba por la derecha, desde el fondo de la calle, a muy baja velocidad. Cuando pasó frente al cuartelillo pude ver que se trataba de un Renault Megane de dos puertas y color amarillo. Me fue imposible identificar a los ocupantes, a pesar de que apenas llegaron a separarnos diez o doce metros de distancia.

Cuando el coche ya había sobrepasado mi posición, se detuvo y retrocedió lentamente hasta quedar frente a mí. Descendió entonces el cristal de la ventanilla.

–¡Detective! –gritó la conductora.

Más por la voz que por el rostro, reconocí a Amelia Mantecón, que me hacía gestos para que fuera hacia ella.

No me lo pensé dos veces. Abrí el paraguas que Zapata me había prestado y, alzándolo sobre mi cabeza, me lancé al diluvio. Fueron solo diez, doce zancadas quizá, pero cuando abrí la puerta del acompañante y me introduje en el Renault, parecía que acabase de salir de una piscina. En el último momento, incluso me deshice del paraguas, que resultó ser un trasto inútil y acabó destrozado, arrojándolo con rabia y desprecio al alcorque de un árbol cercano.

–¿Se puede saber qué hacía ahí plantado, señor Escartín? –me preguntó la mujer del desaparecido, atónita.

–Esperando a que pasase por delante un alma caritativa –respondí–. ¿Y usted? ¿A dónde iba?

–A ninguna parte, en realidad. Me relaja conducir bajo la lluvia, aunque debo reconocer que no esperaba tanta. Además, siento pánico ante las tormentas y tengo entendido que un automóvil es una de las mejores protecciones posibles frente a los rayos.

–En efecto –confirmé, sonriendo–. Los neumáticos son aislantes y, con las ventanillas cerradas, la carrocería funciona prácticamente como una jaula de Faraday. Podría caernos un rayo directamente encima y nosotros permaneceríamos a salvo aquí dentro.

Amelia sonrió. No parecía tener la menor intención de arrancar. Tras un silencio, volvió a mirarme.

–¿Ha averiguado algo más, detective?

Antes de responder, traté de calcular lo que sería conveniente contarle.

–Quizá. Dígame, Amelia: ¿qué sabe usted de unos hombres que vinieron al pueblo hace unos seis meses, en un Mercedes negro, con chófer?

El ruido de la lluvia sobre el techo del Renault nos obligaba a hablarnos a grito pelado.

–Lo recuerdo. Pero no sé quiénes eran.

–Su marido se reunió con ellos.

–Ah, sí, sí... es cierto. Patricio, el alcalde, le pidió que acudiese a una reunión en el ayuntamiento. Cuando regresó de ella, vi a Estólido muy disgustado. La única explicación que me dio fue que le habían hecho una oferta de compra por nuestras tierras. Y que se había negado en redondo a vender. Me dijo que el asunto estaba zanjado, pero... **79** sé que recibió presiones de otros vecinos, del alcalde y de...

de un forastero trajeado que acudió un par de veces más al pueblo. Supongo que se trataba de uno de aquellos hombres del Mercedes o de alguien al que ellos enviaban. Pero Estólido siempre dijo que no. Y no pareció darle más importancia al tema.

–¿No le pidió su opinión?

Amelia afiló la mirada.

–Bueno... él sabía que yo opinaba como él.

Los cristales del auto se habían empañado a causa, supongo, de la humedad que se desprendía de mi ropa empapada. Al cabo de unos minutos, comencé a tiritar. Amelia, entonces, conectó el sistema de calefacción del coche a su máxima potencia y, con la mejor de las intenciones, en un minuto convirtió el interior del Renault en una pequeña sauna finlandesa. La temperatura subió como una flecha, la humedad se situó cercana al cien por cien y el vaho de los cristales se convirtió en agua que comenzó a resbalar en forma de grandes gotas. Ahora parecía que también llovía dentro. Yo dejé de tiritar pero Amelia, por el contrario, rompió a sudar como un corredor de maratón. Buscando alivio, bajó un palmo el cristal de su ventanilla y, de inmediato, la lluvia entró en el habitáculo azotándole la cara, por lo que lo alzó de nuevo.

–Esto se pone feo –dijo ella–. Habría que tomar una determinación, ¿no cree?

–Supongo... que sería mucho pedirle que me llevase en el coche hasta Zaragoza.

Amelia rió, mientras se secaba con la manga el sudor que le caía a chorros por la frente.

–Me temo que sí, detective. Soy muy mala conductora. Tengo carné desde hace años pero apenas cojo el coche. Sobre todo, desde que me casé. No me atrevería a conducir más allá de Farlete. Mucho menos, con esta lluvia.

–Lo entiendo, no se preocupe. Algo se me ocurrirá.

Pero la idea fue de ella, lo juro.

–Oiga... ¿qué le parece si nos vamos a mi casa y, mientras pasa la tormenta, le preparo la cena?

Un mal trato

Cortó unos tomates de Zaragoza –grandes y feos, pero sabrosísimos– y los aliñó con ajo y aceite. Junto con una tortilla francesa de dos huevos, un trozo de hogaza y una cerveza, constituyeron la mejor cena que había disfrutado en los últimos meses.

Amelia puso mi ropa a secar en un tendedero portátil dentro de una habitación pequeñita en la que conectó un calefactor eléctrico. Mientas tanto, me prestó un pantalón de pijama y una camiseta con publicidad de Fertiberia, prendas ambas de su marido, que me venían tres tallas grandes.

Cenamos los dos en la cocina, diciendo naderías e incluso haciendo algunas risas. Por un instante, me pareció que retrocedía en el tiempo, hasta los primeros meses de mi vida en común con Lorena, cuando nuestra convivencia parecía siempre el primer acto de una comedia de Juanjo Alonso Millán.

De postre, Amelia sacó de la fresquera unos melocotones excelentes, hizo café –café de verdad, por fin– y, con él, sirvió dos copas de moscatel de Ainzón.

Yo creo que fue precisamente el moscatel lo que me animó a formularle la pregunta que no sabía si me atrevería a hacer. Lo hice sin avisar, sin protocolo alguno. Y tuteándola por primera vez. Incluso para mí resultó inesperada.

–Amelia...

–¿Sí?

Parecía sonreír con sinceridad.

–Tu... tu marido te maltrata, ¿verdad?

Ella, sentada frente a mí, alzó las cejas pero mantuvo su sonrisa en mínimos aceptables mientras ahogaba la mirada bajo la superficie del vino, de un color dorado claro.

–¿Por qué me pregunta eso, detective?

–No he podido evitar mirarte las piernas mientras cocinabas. Justo por encima de las corvas, me ha parecido ver moraduras antiguas, ya amarillentas. Además, aunque te has cambiado de ropa, siempre te pones esa chaqueta de punto, con la que ocultar los brazos. Y lo que me has contado sobre Estólido, la forma de comportarse contigo... creo que denota a un hombre posesivo. Eso que ahora llamamos un machista. Aunque las tierras solo le pertenecen por su matrimonio contigo, ya toma las decisiones sobre ellas sin consultarte. Y si has dejado de conducir desde que te casaste, podría ser porque a él no le gusta que cojas el coche. No le gusta que seas independiente.

Me miró e hizo un mohín indefinible.

–Todo eso no son más que detalles sin importancia...

–Claro. No pretenden ser otra cosa, Amelia. Detalles sin importancia. Pero... soy detective. Estoy acostumbrado a sacar conclusiones a partir de detalles sin importancia.

Ella dio un sorbito a su moscatel.

–Le repito, detective, que mi marido no me maltrata.

–¿No? Bien. Me alegra oírlo. Me he equivocado, entonces.

Amelia alzó lentamente la copa de moscatel y, a continuación, se la bebió entera, de un solo trago lento.

–No me maltrata –repitió después, sin mirarme–. Ya no. Lo estuvo haciendo durante algún tiempo. Durante bastante tiempo, en realidad, es cierto. Pero ya no. Y puede usted estar tranquilo, detective Escartín. Le aseguro que Estólido Martínez no volverá a ponerme la mano encima nunca más.

Hoy, 21 de julio, viernes

El miedo

Anoche, apenas logré conciliar el sueño.

Amelia me había cedido una habitación de la casa en la que, junto a dos bicicletas viejas, el esqueleto de un antiguo cochecito de bebés, una escalera de tijera, dos sillas de enea y varios baúles y maletas polvorientos, había también una cama decimonónica con jergón de cuerdas y colchón de lana. El cuarto carecía de cerrojo, así que me las ingenié para atrancar la puerta apoyando una de las sillas contra el picaporte. Sin embargo, sabía de sobra que aquella era una protección insuficiente en caso de ser objeto de un ataque homicida, así que las horas nocturnas pasaron en medio de un duermevela angustioso, trufado del sonido de los truenos, otros ruidos no identificables y por los picores que el contacto con el colchón de lana comenzó a producirme en todo el cuerpo.

Aunque lo peor, claro, fue el miedo.

Pese a que traté de que Amelia me razonase el por qué de esa convicción suya de que su marido ya no volvería a hacerla objeto de malos tratos, no logré otra respuesta que su sonrisa serena y enigmática.

Y, como es lógico, a las cuatro de la mañana mi mente le había dado tantas vueltas al asunto que yo ya estaba convencido de que la cuñada de Nemesio había asesinado y hecho desaparecer a su marido y, lo peor de todo, que para salvaguardar su criminal secreto, no iba a dudar en asesinarme también a mí. Y qué mejor oportunidad para ello que esa misma noche, alojado en su casa sin que nadie lo supiera.

Un buen hachazo, y listo. Luego, le bastaba con fregar la sangre.

Cerca del amanecer he debido de quedarme por fin profundamente dormido.

Al despertar, sobresaltado por un delicioso olorcillo a café y pan tostado, eran ya cerca de las nueve y media de la mañana. Por un momento me he creído a salvo, pero no he tardado en recapacitar. Amelia era, sin duda, una mujer increíblemente astuta y decidida. Imprevisible. Seguramente, había supuesto que durante la noche yo estaría vigilante y alerta, así que la mejor manera de pillarme desprevenido y acabar conmigo era hacerlo en el momento más inesperado. O sea, justo ahora, por la mañana, cuando el peligro parecía haber pasado.

Pero yo no estaba dispuesto a dejarme engañar. He desmontado una de las patas de la silla de enea, que estaba ya prácticamente desencolada y, con ella en las manos en posición de «prevenidos», he abierto la puerta de mi habitación y enfilado el pasillo que desembocaba en el vestíbulo que servía de distribuidor.

El corazón me latía desbocadamente, temiendo una emboscada.

Al asomarme cautamente a la cocina, la he descubierto de espaldas, fregando unos cacharros en la pila.

–Buenos días, detective –me ha dicho, sin volverse–. ¿Ha descansado bien? Ande, deje la pata de la silla ahí, junto a la puerta y siéntese a desayunar. Le he hecho café y tostadas con aceite. También tengo magdalenas, si le apetecen.

Parpadeo

Además de lo ofrecido por Amelia, me he comido dos rajas de un melón que estaba en su punto. Delicioso. Mientras lo hacía, ella se ha sentado junto a mí y se me ha quedado mirando con el codo derecho apoyado en la mesa y la barbilla apoyada en el puño cerrado. Como ya sabéis, me pone nervioso que me miren mientras como, pero tenía hambre.

–Mi mejor desayuno en... en todo lo que llevamos de año –he confesado, al terminar.

Ella me ha sonreído. Una sonrisa casi imperceptible.

–Por lo que me dice, o come habitualmente muy mal o se conforma con poco.

–Más bien lo primero. Ya sabes: los hombres que vivimos solos somos, en general, expertos en alimentarnos de manera desequilibrada.

Amelia seguía vistiendo su chaqueta de punto de manga larga.

−¿Ya tiene alguna idea sobre el paradero de Estólido?

En lugar de contestar, la he mirado a los ojos tan intensamente como me ha sido posible, mientras meditaba furiosamente la respuesta.

−Amelia...

−¿Sí, detective? −ha dicho ella, aún con la sonrisa en la boca.

−¿Has matado a tu marido?

−Desde luego que no −me ha respondido enseguida, sin el menor rastro de sorpresa o indignación en la voz.

−¿Y no tienes idea de su paradero?

−Ni la menor idea, se lo aseguro. Por eso puse la denuncia en el cuartelillo. ¿Qué cree usted? ¿Que soy una fría asesina y que todo esto es una comedia para intentar alejar de mí las sospechas?

De repente, Amelia ya no era Amelia ni Artiga era Artiga. Ella era Lauren Bacall en blanco y negro, vestida con un traje de noche y bebiendo un daiquiri en el velador del Ryles Jazz Club de Boston. De inmediato, me he preguntado que habría respondido Humphrey Bogart en esa situación.

−Que seas una asesina es solo una de las posibilidades que manejo. Pero reconozco que cada vez que me miras y parpadeas, me parece menos probable.

−En mi familia siempre hemos parpadeado mucho. Es un defecto congénito. No se fíe de mí y siga su instinto, detective.

Con esas tres frases, ha terminado de descolocarme. **87**
Con esas tres frases, Amelia ha subido un peldaño más: ya

me parecía más hermosa que Lauren Bacall. Y eso me producía una terrible sensación de peligro.

–Tengo un par de pistas que seguir –he mentido, al tiempo que me levantaba precipitadamente de la mesa–. Debo regresar a Zaragoza. Gracias por el desayuno. Y por la cena. Y por el alojamiento. Y por la información.

–Y por no haberle matado esta noche, supongo.

–Sí, también por eso –he admitido, sonriendo.

Mi ropa estaba seca y recién planchada. Al cambiarme, me he sentido un hombre nuevo.

–¿Volveremos a vernos, detective?

Había en su pregunta un tono seductor, que sugería promesas imposibles de cumplir.

–Eso es casi seguro, Amelia. En cuanto haya hecho algún avance importante en la investigación, vendré en persona a comunicártelo.

–Le estaré esperando.

–Y oye... podrías... si quieres, podrías tutearme. Si quieres, vaya. ¿O qué?

Se ha acercado a mí y me ha pasado los dedos por el pelo, peinándolo levemente, como hacía siempre mi madre, hace muchos años, cada día antes de que yo saliera de casa.

–Me parece una buena idea, detective Escartín.

Torrenteras

La Vespa de Nemesio había aguantado a la intemperie, impertérrita, el terrible aguacero de la noche anterior. Pero el nuevo día había amanecido soleado y ventoso, así que al llegar al escúter lo he encontrado en perfecto estado. Incluso más limpio que el día anterior.

Ha arrancado a la primera y, de inmediato, he puesto camino a Zaragoza. Sin embargo, apenas a medio kilómetro de la salida del pueblo, he divisado en medio de la calzada y junto a un Nissan pintado de blanco y verde, una figura que he reconocido de inmediato.

–¡Pero si es el amigo Zapata! –he exclamado, deteniendo mi vehículo.

–¡Vaya! ¡Pero si es el investigador privado Escartín! –ha exclamado a su vez el guardia civil, incluso antes de quitarme yo el casco–. Por lo que veo, finalmente ha encontrado alojamiento en Artiga para esta pasada noche.

Me ha producido un cierto fastidio que mi secreto dejara tan pronto de serlo.

–Así es. Un vecino del pueblo me dio cobijo.

–Pues esas cosas conviene comunicarlas a la Guardia Civil. Imagínese –ha dicho Zapata, sonriente– que ese buen cristiano lo hubiese asesinado a sangre fría mientras dormía. La investigación se volvería dificilísima, al pensar todos que se había marchado usted a Zaragoza ayer por la noche.

–¡Bah...! Seguro que tú, con lo despierto que eres, habrías imaginado enseguida la verdad. En todo caso, prometo no volver a hacerlo –he dicho, poniendo cara de niño aplicado–. Pero, dime... ¿qué te trae por aquí? No me digas que me vas a hacer soplar.

Zapata se ha echado a reír.

89

–No, Escartín, esto no es un control de alcoholemia.

Es que ayer, en plena tormenta, una torrentera destruyó trescientos metros de carretera un poco más adelante, justo antes de llegar a Monegrillo –ha dicho el guardia, señalando con el pulgar derecho por encima de su hombro–. El paso está cortado.

–Vaya. ¿Y cómo puedo llegar a Zaragoza?

–La primera opción es que vuelva atrás, cruce el pueblo, siga hasta La Almolda y de allí a Castejón de Monegros, Pallaruelo, Lanaja y de Lanaja a Zaragoza, por la general. Un rodeo de aúpa.

–Ya veo. ¿Y la otra opción?

–Vuelva igualmente al pueblo pero, a la altura de las escuelas, tome cualquiera de las calles que suben hacia la izquierda y vaya hasta el final. Detrás de las últimas casas verá el arranque de una carretera comarcal estrecha y sin señalizar. Poco más que una pista forestal a ratos asfaltada y a ratos solo engravillada. Pero cruza de parte a parte la sierra de Alcubierre y le llevará directamente a Lanaja.

–Vale. Y de Lanaja, al charco.

–¿Charco? ¿Qué charco?

–El charco es Zaragoza.

–¿Ah, sí? ¿Y eso por qué?

–Tiene que ver con un chascarrillo baturro muy famoso. Una especie de chiste aragonés. ¿No lo conoces?

–Yo es que soy de Zamora.

–Entiendo. ¿Y cuál de los dos caminos me recomiendas?

–El segundo, sin duda. Sigue siendo largo pero ahorra un montón de kilómetros sobre el otro. Y con esa motito que lleva tampoco podría correr mucho por la carretera buena.

—Tienes razón. Creo que voy a seguir tu consejo.

Así que he dado media vuelta y entrado de nuevo en Artiga por la travesía principal.

Al llegar al otro extremo del pueblo, he tenido que rendirme a la evidencia de que, inexplicablemente, me había pasado de largo el edificio de las escuelas. Le he preguntado a un transeúnte con boina, que me ha aconsejado retroceder y atajar por una calle diagonal, que ahora encontraría a mi mano derecha.

Y esa vez, lo he hecho bien. Tras cruzar buena parte del casco antiguo de Artiga, que ha resultado ser un pueblo bastante mayor de lo que yo había supuesto, he acabado abandonándolo por su límite norte y, enseguida, he descubierto un minúsculo indicador que rezaba «Lanaja», marcando el desvío hacia una carreterita mínima que, claramente, se dirigía a la sierra. Una sierra, la de Alcubierre, tan pelada y polvorienta como el resto del desierto que se extiende a sus faldas.

Era, sin duda, el trayecto aconsejado por Emiliano Zapata.

Entonces, me he detenido. Justo en el desvío.

Lo he hecho por culpa de una difusa pero creciente sensación de incomodidad que me ha llevado a permanecer unos minutos allí, quieto como un pasmarote y pensativo como un filósofo oriental.

«¿Qué ha sucedido?», me he preguntado, por fin, en voz baja.

Me ocurre de vez en cuando. Un suceso brevísimo, una visión instantánea, un detalle tan minúsculo que, en el momento de producirse me pasa desapercibido pero deja un arañazo en mi memoria, una molestia de la que ya sé que no conseguiré librarme hasta descubrir su origen.

«¿Qué podrá ser? –he vuelto a preguntarme–. ¿Un pensamiento? ¿Una persona? ¿Un letrero? ¿Un rostro?»

Imposible saberlo. Si quería averiguarlo, tenía que volver atrás, sobre mis pasos, para tratar de encontrar el origen de ese chispazo.

He retrocedido muy despacio, tratando de hacerlo exactamente por las mismas calles que acababa de recorrer en sentido inverso. Lo he hecho prestando atención a todos los letreros, a los carteles pegados a las paredes, a la cara de los transeúntes, a los objetos expuestos en los escaparates. Así, hasta llegar muy cerca del punto en el que me había detenido para pedir ayuda al hombre de la boina.

Estaba a punto de seguir retrocediendo cuando un cosquilleo en torno al ombligo me ha advertido de que estaba muy cerca de la solución. Tras frenar, he apagado el motor de la Vespa. Sí. En ese momento ya estaba casi seguro de que el origen de mi desazón se encontraba muy próximo. No tenía que retroceder más. No debía hacerlo. Pero... ¿qué era? ¿Dónde estaba? ¿De qué se trataba?

Me hallaba en una calle relativamente ancha, la que se cruzaba en diagonal con la travesía principal del pueblo. «Calle de Joaquín Costa», rezaba el rótulo que he podido leer en lo alto de la esquina más cercana.

Había abundantes comercios en los bajos de las casas. Los más cercanos: un estanco, una tienda donde vendían alpargatas, una panadería... Pero no era nada de eso lo que había llamado mi atención.

He cruzado a la acera contraria, tratando de dar con ello. Sin resultado.

Estaba a punto de rendirme cuando lo he visto.

Y se me ha acelerado el corazón al descubrirlo.

La última casa a la izquierda de la calle, la que hacía esquina con la travesía. Una fachada sencilla y estrecha. Una puerta de madera, común y corriente, con dos ventanas, una a cada lado, cerradas con una persiana enrollable de color verde, como tantas y tantas del pueblo. No era eso lo pasmoso. Lo pasmoso era que, junto a la puerta, se podía leer un rótulo hecho con piezas de cerámica blanca y azul alicatadas a la fachada:

Asociación de mujeres
«Mary Wollstonecraft»

Y, junto a esas dos líneas de texto, a su derecha, un logotipo que hacía las veces de emblema de la asociación: un rectángulo vertical de color violeta, con sus dos lados menores quebrados hacia el interior.

La mujer de negro

He estado un rato larguísimo meditando sobre mi más que inesperado descubrimiento, mientras permanecía inmóvil como un dontancredo ante aquel rótulo de cerámica de Muel.

Contemplaba el emblema de la asociación de mujeres una y otra vez, tratando de establecer cuál podía ser el hilo que unía aquella casa de Artiga y lo que quiera que ocurriese dentro de ella, con el tatuaje que exhibía en la nalga derecha el marido muerto de mi ex mujer.

Desde luego, ese descubrimiento ha representado la circunstancia más sorprendente de cuantas he tenido que valorar en mi vida. Si Sherlock Holmes levantara la cabeza tendría que renunciar a su convicción de que las casualidades no existen. ¡Allí estaba la prueba! El modo tan rocambolesco en que había encontrado aquel indicio, subvertía todas las normas de la investigación detectivesca. Para empezar, el caso en el que estaba trabajando era otro, el de la desaparición del cuñado de Nemesio y, de repente, por pura chiripa, por una sucesión de casualidades extremadamente improbables y absolutamente imprevisibles, había hallado una conexión inesperada con Martín Completo. Incluso, quién sabe si una pista crucial para resolver su macabro asesinato. Suerte y solo suerte. Azar en estado puro.

Aún no podía creerlo.

Por supuesto, he valorado durante unos minutos la posibilidad de avisar al comisario Souto para que fuese él quien se aprovechase del hallazgo, pero se trataba de un acontecimiento tan singular que mi curiosidad ha podido más que mi sentido del deber ciudadano.

Además, todavía podía tratarse de una mera coincidencia y que el símbolo tatuado en el trasero del abogado Completo y el que figuraba en la puerta de la asociación «Mary Wollstonecraft», aun siendo el mismo, no tuvieran entre sí ninguna conexión, de modo que he optado por asegurarme, evitándole a mi amigo Souto un posible ridículo.

En primer lugar, me he asegurado de llevar aún, en el bolsillo interior de la americana, la foto que cogí de la casa de Lorena. Sabía que, doblándola exactamente por la mitad, podía mostrar únicamente el rostro de él o de ella, a mi conveniencia.

Acto seguido, he pulsado el timbre situado en el marco de la puerta.

Me ha abierto una mujer de mediana edad que, de inmediato, me ha recordado a un árbitro de fútbol de la tercera división de la antigua República Democrática Alemana. Quizá haya contribuido a ello el que vistiera íntegramente de negro de pies a cabeza. Digo de negro, no de luto. Me ha mirado de arriba abajo lentamente y compuesto después una mueca de desagrado.

–¿Qué desea? –me ha preguntado, como si fuera a sacarme una tarjeta roja directa.

–Buenos días, señora. Mi nombre es Fermín Escartín y soy detective privado. Vengo desde Zaragoza porque estoy realizando una investigación.

–¿Qué clase de investigación?

–Sobre un... una desaparición. ¿Hay alguien de la junta directiva de la asociación con quien pueda hablar?

–Ahora no hay nadie.

–¿Solo está usted?

–¿Es sordo? Ya le digo que no hay nadie.

–¿Y usted se llama, señora...?

–Me llamo como me pusieron mis padres.

–Vale –he dicho, entre dos carraspeos–. Al menos... quizá pueda responderme a algunas preguntas.

–O quizá no. Pruebe.

95

–Gracias. Estooo... ¿No va a invitarme a pasar? –le he preguntado, ensayando un seductor alzamiento de cejas.

–No. Si quiere, pregúnteme aquí. Y si no, ya se está largando con viento fresco.

–De acuerdo, de acuerdo... –he tratado de sonreír, al tiempo que le mostraba la fotografía de Martín Completo–. ¿Reconoce a este hombre?

–No.

–Al menos, podría mirar la foto. Aunque solo fuera para disimular.

Con un nuevo gesto de fastidio, la mujer de negro ha contemplado el retrato durante un segundo y seis décimas.

–No lo he visto en mi vida.

–¿Está segura?

–Ya se lo he dicho. Nunca.

–Bien. Eeeh... ¿Le importaría decirme cuáles son los fines de su asociación?

–¿Y a usted qué le importa?

–Los detectives somos curiosos por naturaleza. Si no quiere responderme acudiré inmediatamente al ayuntamiento a informarme.

La mujer de negro ha chasqueado sonoramente la lengua para mostrar su disgusto, pero se ha dignado contestarme.

–Promoción social y cultural de la mujer. Prevención y lucha contra el machismo y los malos tratos. Ayuda a la mujer en caso de apuros de cualquier tipo.

–Entiendo. ¿Hay hombres en su asociación?

–Solo admitimos mujeres, aunque... algunos hombres colaboran con nosotras sin ser socios.

–¿Desarrollan actividades para las socias? Ya sabe: cursillos de macramé y esas cosas.

La mujer me ha abrasado con la mirada.

–De vez en cuando.

–¿De qué son los cursillos?

–Lo de siempre: cultura general, informática para principiantes, economía doméstica, defensa personal... Sí, una vez ofrecimos uno de macramé pero no se apuntó nadie. ¡Ah! También tenemos un club de lectoras.

–Me parece estupendo. Y... ¿tatuajes?

La mujer me ha mirado de hito en hito. Ha intentado permanecer impasible y, efectivamente, casi lo ha conseguido. Pero la he visto palidecer. Lo he notado. Y ella se ha dado cuenta de que yo lo notaba.

–¿Cómo dice? –ha murmurado, al cabo de un largo rato.

–Tatuajes, digo. Que si han dado algún curso de tatuajes. Lo cierto es que tatuarse el cuerpo está de moda y aprender a tatuar puede ser una interesante posibilidad profesional.

–¿Qué tontería es esa? Por supuesto que no organizamos cursillos de tatuaje.

–¿No? Pues deberían planteárselo. Les cedo la idea.

Cuando la mujer me ha cerrado la puerta en las narices, he vuelto a sentir la frustración de intuir que allí había gato encerrado pero, al tiempo, de sentirme incapaz de encontrar el camino para llegar hasta el fondo de mis sospechas.

De lo que sí estaba seguro era de haber encontrado un hilo del que tirar en el asunto de la muerte de Martín Completo. Lástima que ese caso no fuera el mío.

Circe

Me dirigía hacia la Vespa de Nemesio dispuesto, por fin, a iniciar mi viaje de regreso a Zaragoza cuando una nueva idea me ha venido a la cabeza. Me la ha proporcionado un grupo de jóvenes transeúntes, dos chicos y dos chicas de unos veinte años y estética heavy-metal, que se acercaban por la acera, caminando hacia mí.

–Hola, disculpad... –he dicho, plantándome ante ellos y consiguiendo que los cuatro me mirasen con absoluta desconfianza–. Estoy buscando una tienda donde hacerme un tatuaje. Me dijeron que aquí en Artiga había una, pero no recuerdo... ¿Vosotros no sabréis, por casualidad...?

Era un palo de ciego. Pero a veces hay que fiarse de las intuiciones.

–Claro que sí. El estudio de Circe –ha respondido enseguida uno de los chicos, que vestía una camiseta sin mangas con el emblema de la banda Iron Maiden.

–¿Circe? Sí, eso es: Circe. Creo que es allí, sí.

–Es buenísima –ha asegurado una de las chicas, que llevaba un aro atravesándole el centro del labio inferior–. Viene gente de Zaragoza y de otros sitios para que ella les haga los tatuajes.

–Sí. Sin duda se trata de ella. ¿Me podéis indicar cómo llegar?

El estudio de Circe estaba en una zona alejada del centro del pueblo. Una de las últimas casas, saliendo hacia La Almolda. Pero no tenía pérdida. «Circe's Tatoo & Piercing» ocupaba un local dividido en dos salas. A la primera se accedía bajando tres escalones desde la calle y podía parecer una pequeña tienda, con su mostradorcito, sus catálogos de dibujos y sus expositores giratorios llenos de revistas y postales mostrando tipos y tipas tatuados hasta las uñas. La segunda era completamente interior y era la zona en la que se efectuaban los tatuajes y las operaciones de inserción de *piercing*. A esta última apenas he podido echarle un vistazo pero me ha parecido un espacio realmente amplio de al menos veinticinco o treinta metros cuadrados, con una zona común y tres cabinas con camillas y diverso material quirúrgico.

Cuando he entrado, la tal Circe se hallaba tras el mostrador, sentada en un taburete alto, hojeando el último número de la revista *Metal Hammer*. Posiblemente se trataba de una chica joven y hermosa, pero su aspecto –más que siniestro, satánico– hacía difícil asegurarlo. Aunque de lo que estoy convencido es de que no se trataba de un hombre viejo y feo.

Al verme entrar no me ha preguntado que quería. Se ha limitado a mirarme a través del único ojo, el derecho, que su flequillo negro dejaba al descubierto. Supongo que desde el primer momento se ha percatado de que yo no acabaría siendo uno de sus clientes. Tampoco yo la he saludado. Me he limitado a sacar del bolsillo la foto de Martín Completo y plantarla a un palmo de su cara.

–¿Te suena?

–¿Policía?

–Abogado. Era abogado.

–¿Cómo que «era»?

–Está muerto.

El ojo de Circe ha parpadeado. Dos veces.

–¡Se refiere al de la foto!

–Claro.

–Yo preguntaba por usted. Que si es policía.

–¡Ah...! No, no soy policía. Soy detective privado.

–Enséñeme la placa.

–Los detectives no llevamos placa. Solo tengo un diploma enmarcado, colgado de la pared de mi despacho. Es así de grande y resulta incomodísimo llevarlo encima, ¿sabes?

–No tiene usted pinta de detective.

–Tú tampoco tienes pinta de asesina. Bueno... bien pensado, sí que la tienes.

–¿Cree que he matado al de la foto?

–No lo sé. Dímelo tú.

–No sea ridículo. No he visto jamás a ese tipo. Ni vivo ni muerto.

–Puedes haberlo olvidado. Seguro que por aquí pasa mucha gente para hacerse un tatuaje. Me ha dicho un pajarito que eres casi famosa.

El ojo de Circe ha lanzado un destello.

–Podría haber olvidado a un cliente. Pero si, además de tatuarle, hubiese matado a ese tipo, yo creo que lo recordaría.

Tenía una voz preciosa, profunda y sugestiva. Y sí, decididamente, detrás del exageradísimo maquillaje había sin duda una chica muy atractiva.

–¿Llevas un registro de clientes? A quién le haces un tatuaje o le pones un *piercing*.

–Sí. Es obligatorio.

–¿Puedo verlo?

–No.

He carraspeado largo y tendido mientras lanzaba una mirada panorámica al local.

–Oye, maja, escúchame bien: se ha cometido un crimen y hay una investigación policial en marcha. Si hago una llamada de teléfono, esta misma tarde tendrás que llevar el registro a la comisaría de centro de Zaragoza y responder a muchas preguntas.

–¿Y eso por qué? Ya le digo que no conozco a ese hombre de nada.

Tras guardar la foto de Martín y Lorena en la cartera, me he encarado con la chica, intentando que fuera de forma inesperada.

–Este tipo está muerto. Y ha muerto de un modo horrendo. Más horrendo de lo que puedes imaginar. Y llevaba en el culo un curioso tatuaje: el símbolo de esa asociación feminista... «Amy Winehouse».

–«Mary Wollstonecraft», será.

–Eso. Ya veo que sabes de lo que te hablo.

–Soy socia. ¿Y qué tiene que ver eso conmigo, detective?

–Pues que yo creo que ese tatuaje se lo hiciste tú.

El ojo de Circe ha temblado levemente. Me ha bastado mirarla a la cara para saber que había dado en la diana. Ella, sin embargo, lo ha negado.

–Eso no es posible...

–¿Cómo? ¿Qué mascullas? ¿Qué no es posible?

Circe ha perdido, de golpe, buena parte de su aplomo. Me ha mirado, perpleja.

–Le repito que no conozco de nada a ese tipo. Yo no le he hecho ningún tatuaje. Mire, detective, aquí tiene el registro que me pedía. Compruébelo usted mismo.

He tomado el álbum que la chica me ofrecía y lo he ojeado sin mucho interés. Estaba seguro de que no habría constancia del tatuaje de Martín. Sí me he preocupado de comprobar si había tatuado en otros clientes el mismo símbolo. Pero no, al parecer. El emblema de la asociación de mujeres no figuraba en el registro por ninguna parte.

Al cerrar el libro, he vuelto a mirar fijamente a la chica.

–Mira, joven, esto es un asunto muy grave. Estamos hablando de un crimen, un asesinato especialmente violento. Si sabes algo, deberías contarlo cuanto antes, a mí o a la policía. Podrías estar tú misma en peligro, sin ser consciente de ello. Y si tienes algo que ver con la muerte de este sujeto, por poco que sea, cuanto más tardes en confesarlo, peor te irá.

La chica ha tragado saliva, aunque procurando que yo no lo notase.

–Gracias por el consejo, detective. Ya le he dicho que no tengo nada que ver. Y ahora, salvo que quiera hacerse un *piercing*... ya sabe dónde está la puerta.

La chica era más dura de lo que yo pensaba. Me estaba echando a la calle sin haber logrado sacarle ninguna información.

102   –Hoy no, gracias. Pero si me decido a perforarme algo, serás mi primera opción.

He salido despacio del estudio de Circe. Tras esperar medio minuto en la siguiente esquina, he vuelto cautamente para echar un vistazo al interior a través del cristal del escaparate.

Como yo imaginaba, la chica estaba hablando acaloradamente con alguien por teléfono. Sin duda, mi visita le había resultado inquietante y acababa de hacer saltar la alarma entre sus colegas, fueran quienes fueran. ¿O debería decir «cómplices»?

He ido caminando pensativamente hacia la Vespa, que había aparcado unos metros más allá. Cada vez estaba más convencido de que había dado con una buena línea de investigación sobre el asesinato de Martín Completo. La pregunta era qué debía hacer ahora. Cuando me hacía a mí mismo esa pregunta, raras veces quedaba satisfecho con mi respuesta porque la parte racional y la parte emocional de mi cerebro no solían mostrarse casi nunca de acuerdo. Sin embargo, esta vez lo tenía bastante claro: hablaría con el comisario Souto y lo pondría al corriente de mi fortuito hallazgo para que él tomase la decisión que le viniese en gana. Más que nada, porque el de la muerte de Martín Completo no era mi caso. Yo trabajaba para Nemesio y en lo que tenía que aplicarme era en la búsqueda de su cuñado desaparecido. Y sobre eso no había avanzado casi nada. Tenía que centrarme en lo mío y dejarle lo otro a la policía. Vale, es cierto que me habría encantado acudir a casa de Lorena y poder decirle que había descubierto y atrapado al asesino de su marido. Pero tampoco creo que eso hubiera llegado a cambiar las cosas entre nosotros.

El hombre de la KTM

La carreterita que cruzaba la sierra, seguramente había sido asfaltada por última vez en tiempos de don Miguel Primo de Rivera. Como Batista me había advertido, el trazado carecía por completo de señalización horizontal o vertical y algunos de los socavones que alfombraban la calzada podrían haber albergado sin dificultad espectáculos taurinos.

La comarcal trepaba en zigzag por la sierra de Alcubierre hasta alcanzar su cresta, por la que circulaba un par de miles de metros antes de descender por la cara opuesta, camino de Lanaja. Ha sido allí, en lo más alto de la sierra, donde he decidido detenerme. He parado el motor y he echado pie a tierra.

Aparte de que la vista resultaba espectacular, pues llegaba hasta el infinito horizonte del desierto, me ha sobrecogido el silencio. Un silencio roto solo por el siseo del viento sobre el polvo blanco de los Monegros. Un siseo que era como el silbido torpe de la muerte. Me he alejado unos pasos de la Vespa para ir a sentarme sobre una roca que seguramente llevaría allí sesenta y seis millones de años, desgastándose poco a poco.

Entonces, justo entonces, cuando apenas llevaba allí un puñado de segundos, se ha roto el silencio. No ha sido de golpe, sino progresivamente, conforme se acercaba el pedorreo furioso de una potente moto de *cross*, ascendiendo a velocidad de vértigo por la comarcal.

Apenas un minuto más tarde, llegaba a mi posición. El motorista ha salido disparado de la última curva pero, al verme, ha cortado gas, aparentemente sorprendido por mi presencia allí, para pasar ante mí a marcha civilizada. Le he hecho un gesto amigable con la mano, al que él me ha respondido con un movimiento de la cabeza. La moto era una KTM y el piloto llevaba un casco abierto de color blanco, pero con una oscurísima pantalla frontal, de modo que no he podido distinguir ni una sola de sus facciones. A poco de rebasar mi posición ha vuelto a acelerar aunque, por suerte, el sonido se ha perdido pronto. Y ha regresado la paz.

Con el retorno del silencio me he puesto a pensar en el caso que tenía entre manos. A primera vista, parecía un asunto feo y sin interés que yo había aceptado solamente por dos razones: el dinero y el dinero. También, en una pequeña parte, por amistad con Nemesio pero, sobre todo, por la pasta. Sin embargo, pese a no llevar aún ni siquiera veinticuatro horas de investigación, ciertos detalles me habían convencido de que aquella podía ser una de esas investigaciones especiales, de las que se me presentaban muy de tarde en tarde.

Ojalá fuera así, porque llevaba ya mucho tiempo sin tropezar con un trabajo realmente interesante. Empezaba a pensar si no sería el momento de cambiar de actividad y quizá también de vida. O, incluso, de presentarme al concurso *Saber y ganar*.

Diez minutos más tarde, he dado por concluidas mis meditaciones, me he colocado el casco, he arrancado de nuevo la Vespa y continuado mi camino.

Apenas un par de kilómetros más adelante, cuando la carretera iniciaba el descenso de la sierra, me he topado con una escena inesperada. Al salir de una curva a izquierdas he quedado frente a un tramo recto de unos cien metros de longitud. En medio de ese tramo, tirada sobre la calzada, he visto la KTM. A unos diez metros de su moto, junto a la cuneta derecha, tendido en el suelo, boca arriba, estaba el conductor. Inmóvil.

He acelerado para acercarme a él rápidamente.

–¡Eh! ¡Oiga! –he exclamado, casi saltando de la Vespa–. ¿Está usted bien?

Yo sabía que no conviene mover a un motorista herido en accidente. Mucho menos, tratar de retirarle el casco, así que he dudado si no sería lo mejor volver a toda prisa al pueblo en busca de ayuda. Sin embargo, la decisión ha sido acercarme a él e intentar comprobar el alcance de sus lesiones.

He ido a tomarle el pulso en la vena radial.

En el momento de ponerme a su lado y arrodillarme junto a él, se ha revuelto contra mí de forma inesperada sujetándome con fuerza por los antebrazos.

Me he quedado tan sorprendido que no he sabido cómo reaccionar. Tampoco creo que resistirme hubiera servido de mucho, pues el piloto de la KTM era mucho más grande y fuerte que yo.

He intentado zafarme, pero él ha actuado sin contemplaciones. No ha llegado a derribarme. Simplemente, me ha zarandeado como a un pelele, me ha utilizado como punto de apoyo para incorporarse y, una vez los dos en pie, me ha arrastrado sin dificultad hasta el límite exterior de la carretera y, pese a mi débil oposición y a mis fuertes protestas, un instante después, me ha arrojado al vacío.

Nos hallábamos al borde de un barranco y no existía guardarraíl ni defensa ninguna que separase la calzada del abismo. Solo he tenido tiempo de mirar un instante hacia el fondo y ese instante me ha bastado para tener la seguridad de que iba a morir. La ladera estaba casi cortada a plomo. Si antes de soltarme, aquel tipo me hubiese dado un último empujón, mi muerte habría sido la consecuencia inevitable de la caída. Sin embargo, ha dudado. Quizá en el último momento ha tenido miedo de resbalar y caer él también. El caso es que no me he precipitado al vacío sino que he ido resbalando por la pared casi vertical. Ese «casi» seguramente es lo que me ha salvado. Tras caer cinco o seis metros he sentido el primer golpe contra uno de los salientes del precipicio. Me ha sobrevenido entonces una oleada de dolor. Un dolor extenso, amplio, impreciso. Justo antes de perder el conocimiento.

Después, quizá algunos arbustos han amortiguado mi caída en varias ocasiones. Es la mejor, la única explicación que encuentro para mi supervivencia.

Pero lo cierto es que eso ya no lo recuerdo.

El despertar

Al despertar me invade una poderosa sensación de pánico. Siento un calor asfixiante y un dolor generalizado, lo cual bien puede significar que he muerto y me encuentro en el infierno.

Sin embargo, tras un buen rato pensando, valorando sensaciones y teorizando sobre esta vida, la muerte y la otra vida, llego a la conclusión de que no es probable que me haya llegado la hora final. Vamos que, posiblemente, todavía sigo vivo, por muy inexplicable que pueda parecer.

No sé por qué razón tengo la boca llena de tierra y los pies más altos que la cabeza. Trato de escupir, y compruebo que me resulta más difícil que a un torero en tarde de corrida.

Por fin, con gran dificultad y considerable sufrimiento, logro girar sobre mí mismo, hasta que la fuerza de gravedad se encarga del resto, dejándome tendido en posición más o menos horizontal. Las sienes han comenzado a latirme, poco a poco, algo más despacio.

Al abrir los ojos, me ha cegado una luz intensísima, que deseo sea la del sol y no esa que dicen que te guía en el camino de un mundo al otro.

Afortunadamente, lo es. El sol del mediodía me castiga de modo inmisericorde. Muy lentamente, voy acostumbrando mis ojos al fulgor solar hasta conseguir echar un vistazo a mi alrededor. Las piezas comienzan a encajar.

Estoy en el fondo de un barranco seco, en algún lugar indeterminado de la sierra de Alcubierre. A seis u ocho pasos de mí, veo los restos de la Vespa de Nemesio. Digo los restos, porque se encuentra en situación de siniestro total, tras haber sufrido, al parecer, la misma caída que yo, pero con peores consecuencias. Siento una pena infinita por el vehículo, casi como si hubiera sido una mascota a la que un camión acabase de atropellar.

Compruebo lentamente que tengo la ropa sucia y rasgada en algunas zonas. Golpes y magulladuras por todo el cuerpo.

La piel desollada en varios puntos, sobre todo los codos y las rodillas. He sangrado por diversos cortes pero ahora ya no y la sangre, que ha llegado a gotear sobre el suelo, se ha coagulado con ese color feo, cercano al negro, tan característico.

Logro incorporarme levemente y, al lanzar una nueva mirada, descubro jirones de mi ropa prendidos de rocas situadas muy por encima de mí; y, con ello, he seguido atando cabos.

El barranco.

Recuerdo el fondo, aproximándose a mí a toda velocidad. He caído rodando durante muchos metros hasta acabar allí, donde ahora me encuentro. Y si no me he matado, con casi toda seguridad ha sido porque mantenía el casco de motorista en la cabeza.

Ahora me doy cuenta de que el calor que siento parece a punto de fundirme los sesos y me entra una prisa angustiosa por liberarme del casco.

¿Qué ha ocurrido? ¿He tenido un accidente de moto?

Al principio, he llegado a pensar que esa era la explicación. Sin embargo, mis recuerdos se van volviendo, minuto a minuto, más y más nítidos.

No, claro que no, ningún accidente.

Yo no iba conduciendo la Vespa. Aquel tipo de la moto de *cross*, tras engañarme con una treta fácil, me ha arrojado al vacío cuando intentaba ayudarle. Sin contemplaciones. Sin duda, su intención era justamente, simular que yo había sufrido un accidente de fatales consecuencias. Por eso me ha dejado el casco puesto: para dar la sensación de que iba conduciendo al despeñarme. Pero, mira por dónde, ese detalle me ha salvado la vida.

Por ahora. Porque, por lo que puedo ver, mi situación, pese a seguir vivo, no puede describirse más que con una palabra: desesperada.

La ladera por la que me he despeñado es casi vertical e intentar subir por esa pendiente, hasta alcanzar de nuevo la carretera, que debe de discurrir veinte o veinticinco metros más arriba, es impensable. Ni aun estando perfectamente ileso se me habría ocurrido intentarlo. Mucho menos, en mi estado actual, en el que casi no puedo ni mantenerme en pie.

No me queda más remedio que avanzar siguiendo el fondo del barranco, buscando el camino que las torrenteras dibujan en el suelo, hasta salir a campo abierto –a desierto abierto, más bien– y luego, buscar ayuda. Desde luego, si me quedo aquí, esperando, las posibilidades de que alguien me encuentre creo que son nulas. El tráfico por la carreterita era ínfimo; desde la calzada no se ve el fondo de este barranco. Y además, nadie me estará buscando porque nadie me habrá echado aún de menos.

Merced a un esfuerzo titánico, logro despojarme del casco y siento al instante el discreto alivio de comprobar cómo el abundante sudor que me cubre la cabeza se evapora con rapidez, refrescándome el cráneo y las ideas durante un par de minutos.

Al intentar incorporarme, el desierto entero comienza a balancearse como una chalupa en medio del temporal. Apretar los dientes y mantener la vista fija en un punto, me ayuda.

Cinco minutos más tarde, logro ponerme en pie y dar los primeros, vacilantes, pasos. De modo milagroso, parece que no tengo ningún hueso roto, aunque los abundantes golpes y contusiones resultan muy dolorosos. Cada movimiento, es un suplicio. Solo espero que, poco a poco, el esfuerzo necesario para caminar vaya disminuyendo. Supongo que tendré que recorrer, en el mejor de los casos, varios kilómetros de desierto. Si cada una de las zancadas que me esperan resulta tan difícil y angustiosa como estos primeros traspiés, no llegaré muy lejos.

El calor aprieta de firme. No tengo a la vista ni una maldita sombra bajo la que cobijarme. Mucho menos, agua para beber. No sé dónde me encuentro ni, por tanto, en qué dirección me interesa caminar para ir en busca de ayuda o permitir que alguien me localice.

Poco a poco, he ido comprendiendo mi situación. Si nadie acude en mi ayuda –y no puedo imaginar quién pudiera hacerlo– me quedan muy pocas horas de vida.

La muerte

Mi reloj de pulsera se ha roto, de modo que solo puedo hacer una estimación aproximada del tiempo transcurrido. Del transcurrido desde que desperté, claro, porque ignoro cuánto estuve inconsciente. En cualquier caso, han pasado varias horas de calor sofocante y dolores continuos cuando mi cabeza creo que comienza a hacer dejación de algunas de sus funciones.

He visto una especie de lagarto que me miraba con odio, como si yo estuviese invadiendo su territorio y él, dispuesto a defenderlo con garras y dientes.

Tiembla el horizonte como el pasajero de una moto.

Hasta hace solo unas horas me habría parecido imposible que en un desierto casi doméstico como el de los Monegros, se pudiese morir de soledad por no encontrar a nadie que te preste ayuda; morir de sed y de calor, perdido en una inmensa nada, como en Atacama, en Gobi o en el Sáhara. Pero ahora ya sé que eso es algo que no admite discusión. Por supuesto que se puede morir en los Monegros, rodeado de la misma soledad con que murieron algunos de los grandes exploradores en los rincones más remotos del planeta. Tal vez la única diferencia estribe en que, aquí, el final resulta, un poco menos épico, casi ridículo, pues la salvación no se encuentra a cientos de millas sino solo a unas pocas decenas de kilómetros. Pero eso qué más da, cuando eres incapaz de llegar hasta ella.

La única verdad es que si te mueres, te mueres. La muerte solo necesita un metro, un paso, un palmo de ventaja sobre ti. Si se lo concedes, te atrapa sin remedio.

* * *

No quiero seguir. Estoy agotado y, lo que es aún peor, desorientado. No estoy siguiendo rumbo alguno; ignoro si avanzo o retrocedo; solo sé que el instinto de supervivencia me obliga a seguir arrastrándome, dolorosamente, aunque sea hacia ninguna parte. Creo que solo doy vueltas y más vueltas; que solo me tambaleo como un tentetieso, con los zapatos llenos de tierra ardiente.

Basta, por favor, basta.

* * *

¿Y ese grito?

Levanto la vista, con dificultad, pues el alarido procede del cielo. Un cielo blanco, que no azul.

Ya lo veo. Un monstruo indescriptible que me acecha desde lo alto, con la peor de las intenciones. Viene a por mí y yo no estoy en condiciones de defenderme. Ni siquiera tengo una pistola, como otros detectives. Nunca he querido tenerla porque el que posee un arma, tarde o temprano termina usándola y arrepintiéndose de ello. Y, aunque la tuviera, dudo mucho que fuese capaz de utilizarla. Estoy acabado. Sin fuerzas ni para la propia compasión.

Mi única posibilidad es simular la muerte. Si me quedo inmóvil, quizá el monstruo pase de largo.

Pero no pasa.

Sigue ahí, a la espera. Al acecho. Mirándome.

Creo que hay otros más como él, pero yo sé que solo debo preocuparme por uno. Sí, un monstruo es suficiente.

Dicen que los arsenales nucleares almacenados en el mundo podrían destruir la Tierra setenta y cinco veces. Pero no creo que debamos preocuparnos más que por la primera vez. A partir de ahí, ya todo da igual. Es lo que tiene la muerte, que da igual que sea grande o pequeña. Lo mismo da un monstruo que cien. Si el primero acaba contigo, los demás carecen de importancia. Si te mueres, te mueres. Esto ya lo he dicho ¿verdad?

No sé cómo, he logrado llegar a las proximidades de una gran roca. Me tumbo junto a ella, en el medio metro de sombra que proyecta, y permanezco inmóvil. Quizá eso despiste al monstruo.

El calor es espantoso pero mientras siga teniendo calor, la cosa va bien. Lo malo será cuando llegue el frío. Cuando comience a sentir frío será cuando la situación se volverá realmente difícil. Cuando el fin estará cerca, a una o dos secuencias.

También es mala suerte...

De las mil formas de morir que existen, me ha ido a tocar la más espantosa. La del monstruo.

Imagino que se abalanzará sobre mí y, sin dejar de sonreír, clavará sus garras justo a la altura de mi plexo solar y, lentamente pero con determinación, me arrancará el esternón y las costillas, que se astillarán en medio de chasquidos escalofriantes, alzando la tapa de mi caja torácica como el capó de un utilitario, hasta dejar desprotegidos el corazón y los pulmones.

En cualquier caso, ojalá sea breve. Eso es lo único que deseo. Que sea breve. Que, tras el primer mordisco, tras el primer dolor, llegue pronto la inconsciencia y la muerte. No es mucho pedir, ¿verdad?

Aquí está. Aquí viene. ¡Fuera! ¡Fuera, bestia inmunda...!

La garra me atraviesa la carne del hombro. El dolor es horrendo. Esto está visto para sentencia.

De pronto, se escucha un estampido. No es muy intenso y, desde luego, viene de muy lejos. Siento una ráfaga cercana, caliente; un silbido que no comprendo. ¿Cómo? ¿Qué ha sido? ¿Un disparo? ¿Es posible que se trate de un disparo? ¿Acaso, además del monstruo, alguien está intentando acabar conmigo a tiro limpio?

El segundo estampido coincide con el aumento del dolor. Saltan esquirlas de la roca, apenas a dos palmos de mi rostro, al tiempo que la garra del monstruo penetra en la carne más y más profundamente.

El tercer disparo es el definitivo.

Al mismo tiempo que escucho el estampido, la cabeza del monstruo estalla en pedazos y su sangre me salpica la cara y el pecho. Cede la presión de la garra mientras la bestia, con la cabeza destrozada, cae al suelo, se convulsiona y muere.

No entiendo nada.

Pero el monstruo no venía solo y otro de sus compañeros parece dispuesto a tomarle el relevo. Se cierne sobre mí.

Antes de que me agarre, un nuevo disparo lo atraviesa en pleno vuelo y lo derriba al suelo desde cinco o seis metros de altura.

Pero hay más. Hay monstruos suficientes como para eclipsar el sol.

Sin embargo, esta segunda baja entre sus filas parece convencer al resto de que quizá sea preferible buscarse otra víctima. Y en apenas unos segundos, han desaparecido.

Vuelvo a estar solo, aunque ahora acompañado por dos **115** cadáveres malolientes. Así, pues, regreso a la situación anterior al monstruo: vuelvo a la tesitura de morir lentamente de sed y de calor. No he ganado mucho. Al contrario, esto va a ser duro de verdad...

En mi cabeza, el sol ya se mueve errático por el cielo. El desierto se inclina alternativamente a un lado y otro, como el galeón pirata de la feria.

Será mejor que empiece a despedirme de la existencia porque, en cualquier instante voy a perder el conocimiento, sin duda de manera definitiva, y ya no tendré ocasión de...

La cueva

Despierto a la sombra y en un lugar relativamente fresco. A la sombra, insisto. A la sombra.

Esto debe de ser, seguramente, el Reino de los Cielos.

De repente, un rostro espantoso ocupa todo mi campo visual, tras aparecer de improviso por la derecha.

–¡Aaah...! –grito, débilmente.

–Calma, amigo, calma –dice el dueño del rostro espeluznante, con una voz absurdamente infantil–. No tema. Lo peor ha pasado ya.

Viendo su cara, nadie lo diría.

–¿Quién es usted? –logro preguntar, con un hilillo de voz–. ¿Es usted el dueño del monstruo?

–¡Qué monstruo ni qué niño muerto, hombre de Dios! Venga, beba un trago de agua y duerma un rato más, que buena falta le hace.

Cierro los ojos y obedezco sumisamente. Cuando vuelvo a despertar, soy consciente de que el hombre feísimo y la cueva no pueden ser otra cosa que un delirio. Una pesadilla, quizá.

Sin embargo, al abrir los ojos ahí siguen, ambos.

Me duele el cuerpo entero, que tengo cubierto de apósitos y vendajes caseros. Estoy tumbado sobre una especie de catre y tengo encima de la frente un paño húmedo y frío.

–¿Qué...? ¿Qué es esto? –murmuro.

–Lo de la frente es una compresa, para enfriar la cabeza. Es muy malo que la cabeza se caliente, ¿sabe usted? Hay que sacarle el calor lo antes posible o corre peligro de que se le fundan los sesos.

–¿Dónde estoy? ¿Quién es usted?

–Tiene usted que dormir más. Ha estado muy cerca de la muerte y eso agota mucho.

–Pero es que...

–Luego. Luego le cuento. Vuelva a dormirse.

–Pero es que no quiero...

–No se trata de lo que quiera, sino de lo que le conviene. Hala, hala, no sea niño y duérmase otra vez.

23 de julio, domingo

Mi marciano favorito

El horrible hombre de la cueva tenía razón. Cuando despierto por tercera vez, me encuentro mucho mejor. Sigo tendido sobre el catre. Sigo, inexplicablemente, dentro de una amplia caverna. El hombre, muy mayor, flaco, vestido con ropas que parecen las que usaba Howard Carter cuando descubrió la tumba de Tutankamón, pasea de aquí para allá.

—¿Quién es usted? ¿Dónde estoy? ¿Qué hora es?

El tipo se vuelve hacia mí y sonríe. En la boca tiene más huecos que dientes. Es la sonrisa más horrible que he visto en mi vida.

—Me llamo Marciano, Marciano Cascancio. Estamos en mi cueva, en el término municipal de Monegrillo, aunque algo alejada del centro del pueblo. Y son las nueve.

—¿Las nueve? ¿De la mañana o de la tarde?

—De la mañana.

–¿De qué día?

–¡Huy! Eso ya es más difícil de decir. Perdí la cuenta de los días en mil novecientos setenta y tres.

–¿Cómo dice? ¡Pero...! Vamos a ver: ¿cuánto tiempo he estado durmiendo?

–Pues... casi dos días, amigo.

–¿Qué?

Intento incorporarme pero me sobreviene un mareo fulminante. Además, una punzada de dolor me atraviesa el hombro izquierdo.

–Ten cuidado, mozo –me dice Marciano–. Ese condenado buitre te clavó bien las garras y me parece que la herida no cicatriza como debe. Igual se ha infectado. Y eso que le puse un emplasto de hierbas antibióticas. O, al menos, eso creo porque, la verdad, no tengo muy claro cuáles son las antibióticas y cuáles, las laxantes. La cabeza, que me empieza a fallar, ¿sabes?

–El... monstruo. ¿El monstruo era... un buitre?

–Al principio hablabas mucho de un monstruo, sí. Pero yo no vi ninguno. Lo único que vi fue un montón de buitres. Creo que tenían hambre y te dieron por muerto antes de tiempo. Fueron los buitres los que me guiaron hacia ti. Me extrañó que estuvieran allí, dando vueltas y más vueltas y fui a ver qué pasaba. O sea que, en el fondo, los buitres te salvaron la vida. ¡Qué cosas! ¿Verdad?

La cueva me da vueltas, como los buitres, pero no muy deprisa, por fortuna.

–¿Vive usted aquí, Marciano?

–Sí.

–¿Hace mucho?

El hombre ladea la cabeza.

–Mucho tiempo, sí. Mucho tiempo...

–¿Y qué... qué es lo que hace? ¿A qué se dedica?

–A nada. A nada en especial. Soy un eremita. Un ermitaño, ya sabes. Rezo y esas cosas.

–¿Reza?

Marciano suspira y frunce los labios. Va de aquí para allá sin motivo aparente. Se vuelve de pronto hacia mí y abre los brazos.

–¡Está bien! ¡No rezo! ¿Eso es lo que querías oír? No rezo porque no me da la gana y porque soy republicano y ateo. ¡Ya está!

Llegué allí enfrente, a la sierra de Alcubierre, en el año treinta y ocho, en plena guerra civil. Estaba todo lleno de trincheras. Llevaban casi dos años pegándose tiros. Por fin, cuando los de Franco ganaron, decidí refugiarme aquí, en estas cuevas, porque si los fascistas llegan a pillarme, me habrían fusilado. Y aquí me quedé. Punto. Sin rezar nada de nada, lo admito.

Me pregunto si aún estaré soñando, pero el hombre parece auténtico. De carne y hueso. De piel y huesos en realidad, porque esta delgadísimo.

–Entonces... ¿ha estado escondido aquí desde la guerra civil?

–Bueno... estuve escondido algunos años. Llegué con diecisiete. Cazaba lagartos y algún conejo, de vez en cuando. Tengo agua, ¿sabes? Descubrí un manantial pequeñito al fondo de esta cueva. Pero un día me encontró la Guardia Civil. Para salvar el pellejo, les dije que era un ermitaño, que estaba aquí apartado del mundo, rezando por la salud del Caudillo. Que tenía permiso del arzobispo de Tarazona. Y se lo tragaron. Desde entonces, la cosa fue más fácil porque de vez en cuando subía alguna mujeruca de los pueblos cercanos y me traía un queso, pan, fruta o media docena de huevos. Algunas decían que yo era un santo. Fue una buena época.

—Si llegó usted aquí con diecisiete años, eso significa que ahora tiene...

—¡No! ¡No me lo digas! Hace mucho tiempo que perdí la cuenta y no quiero saberlo. Además, lo importante no es la edad sino mantenerse joven de espíritu, ¿no es eso?

—Vale, vale... ¿Y tampoco quiere usted volver al mundo?

Marciano sacude la cabeza y las manos, como para librarse de una maldición.

—¿Volver? ¿Para qué? Cuando llegó la democracia me dijeron que podía salir y contar ya sin miedo mi verdadera historia, pero... ¿qué iba yo a hacer ahí abajo, en el mundo normal, si no conozco a nadie? Así que... aquí sigo. Por suerte para ti, porque si no, anteayer la palmas convertido en alpiste para buitres. Por cierto que, gracias a los buitres, nos vamos a dar hoy un banquetazo. ¡Mira, mira!

Me señala una parte de la cueva que, por el negro color de las paredes, deduzco que es la zona utilizada como cocina. De un gancho, cuelgan dos pajarracos enormes, desplumados y limpios, como listos para entrar al puchero. Al verlos, el estómago me da un doble salto mortal.

—¿Qué? —exclamo—. ¿Vamos a comer buitre?

—Está buenísimo. Es un poco duro, pero si lo tienes bastante tiempo cociendo, te puedes reír del faisán. Bueno, que yo el faisán no lo he probado en la vida, pero seguro que no está tan bueno como el buitre bien oreado y cocinado.

Estoy empezando a recordar. Recuerdo la cabeza del buitre reventando y salpicándome de sangre. Y, en efecto, veo que la salpicadura sigue sobre mi ropa. Eso, al menos, no lo he imaginado.

—¿Mató usted a esos buitres, Marciano?

El anciano parece repentinamente nervioso. Se rasca la oreja derecha. Niega.

—La verdad es que no. Cuando llegué hasta ti, ya estaban muertos. Al principio pensé que tú mismo les habías disparado pero no encontré ningún arma así que...

—Así que alguien les disparó —deduzco—. Supongo que desde considerable distancia, porque no vi a nadie cerca de mí. Escuché primero dos disparos que fallaron por poco. Pasaron tan cerca de mí que pensé que yo era el objetivo. Pero el tercer disparo destrozó la cabeza del buitre y el cuarto, mató al otro.

—Así ocurrió, sí. Cuatro tiros. Los oí perfectamente.

—¿No sabe quién los hizo?

—Ni idea, muchacho. Pero cuando los disparos nos favorecen, tampoco es necesario darle demasiadas vueltas. Sea quien sea, está de tu lado. Eso es bueno.

A la hora del almuerzo, comemos buitre.

Está casi apetitoso. Marciano lo ha escabechado en

grandes trozos, dentro de una enorme lata de conservas. Una vez superada la primera aprensión, podría pasar por algo parecido a la gallina o a la perdiz, incluso.

El resto del día, tumbado en el catre, duermo o escucho el relato de la vida de Marciano Cascancio. Una vida extraña y solitaria, larga y monótona, salpicada, eso sí, de llamativos acontecimientos muy separados en el tiempo.

Aquella comida y la cena de esa noche me devuelven muchas de las fuerzas perdidas, de tal modo que, a la mañana siguiente, aunque aún dolorido, me despierto muy recuperado, dispuesto a regresar a mi vida normal.

24 de julio, lunes

Teodolito

—¿Cómo puedo volver a la civilización, Marciano?

El anciano excombatiente me mira con afecto.

—¿Seguro que ya tienes fuerzas suficientes?

—Creo que sí. Pero, sobre todo, necesito regresar a Zaragoza; pensar en todo lo que me ha pasado; y denunciar a quienes intentaron matarme.

—¡Huy...! Mal asunto, mozo, mal asunto... En fin, tú verás lo que haces. Yo, por mi parte, te voy a echar de menos. Hacía mucho tiempo que no tenía compañía. Porque... mira, la verdad es que esto del ermitañismo será muy bueno para el alma y la salvación eterna, dicen, pero resulta aburridísimo. Hacía veintiséis semanas que no tenía un motivo de distracción, aunque fuese mínimo.

—¿Veintiséis semanas? Eso son... seis meses. ¿Qué pasó hace seis meses, Marciano?

—Pues eso: que estuve un par de días entretenido con

unos tipos que aparecieron allá abajo con coches, camiones y máquinas. Primero, pensé que estaban proyectando una presa pero, claro, en medio del desierto no parecía tener mucho sentido. Luego, supuse que quizá iban a hacer pasar por aquí una carretera o una nueva vía del tren ese que corre tanto. Hicieron muchas mediciones con esos aparatos que parecen telescopios pequeñitos.

–Teodolitos.

–Eso será. Pero al tercer día se fueron y ya no han vuelto a aparecer por aquí. Se lo habrán pensado mejor y habrán mandado la carretera por otro sitio.

Un incómodo cosquilleo ha empezado a burbujear en mi estómago.

–¿Qué tipo de gente era aquella, Marciano? ¿Lo recuerda?

–Sí, claro. Trabajadores... e ingenieros, supongo. Vinieron en coches todoterreno. Eran catorce, si no recuerdo mal. Gente con casco.

–¿Con casco?

–Con casco de albañil, de esos amarillos, ya sabes.

–Ah, ya... pero no vería usted a qué empresa pertenecían.

Marciano niega rotundamente.

–Mi catalejo militar es bueno, pero no demasiado potente. Eso sí, todos vestían de la misma forma. O sea que, en efecto, pertenecían a la misma empresa. Bueno, todos menos los que vinieron al final, que iban de traje.

El detalle me llama la atención de inmediato.

–De traje, ¿eh? Serían los jefes. ¿Cuántos eran?

–Cuatro. Tres hombres y una mujer. Aparecieron en un cochazo negro, con chófer. Hablaron con el único tipo que llevaba el casco de color naranja y se fueron. Al cabo de unas horas, todos los demás recogieron el campamento y se fueron también. Una pena, porque yo me lo estaba pasando en grande, gracias a ellos.

Descendemos desde la boca de la cueva de Marciano por las estribaciones de la sierra de Alcubierre siguiendo un sendero casi imperceptible, pero de muy fácil tránsito.

Mi salvador me ha prestado un mono de color azul marino para que me lo ponga por encima de mi ropa destrozada y manchada de sangre. Por lo visto, era el que vestía él cuando llegó aquí, en el año treinta y ocho.

–Hace mucho tiempo que me viene grande –me dice–. La vejez nos hace encoger, ¿sabes?

Luego, me acompaña más o menos hasta mitad de camino y me da las últimas instrucciones, señalando a lo lejos mientras se hace visera con la otra mano.

–¿Ves aquella sabina solitaria, allí, aproximadamente a un kilómetro?

–La veo.

–Junto a ella, discurre una pista. Acércate hasta allí, ponte a la sombra y espera hasta que pase un coche o una moto.

–Pero... eso puede que no suceda en todo el día. ¿Quién va a pasar por esta parte del desierto?

Marciano ríe con risa de buitre. Supongo que es la consecuencia de habernos alimentado con la carne del animal.

–En pleno invierno sería difícil, pero en esta época, no tardará mucho en pasar alguien. Confía en mí. Y ya sabes dónde encontrarme. Para lo que sea.

–Gracias, Marciano.

–De nada, mozo. Hoy por ti...

–Volveré a devolverle el mono.

Nos damos un abrazo afectuoso. Él me entrega una cantimplora con agua, para remojar la espera y, sin más, da media vuelta e inicia el regreso a su cueva.

De camino a la sabina, cuando el eremita, con su indumentaria de color arena ya casi se ha mimetizado con el paisaje desértico, caigo en la cuenta de que le debo la vida. De que ya siempre estaré en deuda con él.

Tal como Marciano ha supuesto, no tengo que esperar demasiado. Tres cuartos de hora después de situarme bajo la sombra de la sabina solitaria, distingo a lo lejos una columna de polvo, a la que enseguida se añade el creciente sonido de una motocicleta con motor de dos tiempos.

La moto se acerca, siguiendo la pista que pasa a mi lado, así que unos segundos más tarde, me sitúo en medio del camino y agito los brazos.

Se trata de una moto de *cross*, con pegatinas y dorsal de competición. Sufro unos instantes de pánico, al relacionarla con la KTM del tipo que me arrojó al barranco. Pero no. Enseguida veo que no tiene nada que ver. Ni siquiera es de la marca KTM, sino Kawasaki.

Al verme, el piloto aminora la marcha hasta detenerse junto a mí. Lleva un casco integral sin pantalla y gafas protectoras, tras las que se adivinaban un par de ojos negros, grandes y ovalados. Detiene el motor. Cuando empieza a hablar, me doy cuenta de que se trata de una mujer.

127

–¿Quién es usted? –pregunta–. ¿Qué demonios hace aquí, en medio de la nada, vestido como un miliciano?

–Es una historia larga de contar –respondo–. Por favor, necesito que me acerque hasta un lugar civilizado. Un pueblo, una gasolinera... Con tal de que haya un teléfono, me vale.

La motorista medita mi petición unos instantes.

–La moto es de una sola plaza, pero puede sentarse sobre el guardabarros trasero. Tendrá que tener cuidado para no quemarse la pierna derecha con el tubo de escape. Tampoco tengo casco para usted.

–¡No importa! ¡Muchas gracias!

–Iremos despacito, no se preocupe –dice la chica, cuando comprueba mis dolorosos esfuerzos para acomodarme en el lugar que me ha indicado.

Lleva cruzado en bandolera un extraño estuche de cuero marrón, como un carcaj indio pero cerrado con una tapa asegurada con un candado de combinación. Siento curiosidad.

–¿Y usted? –pregunto–. ¿Qué hace por aquí?

–Entrenando –es su respuesta–. Dentro de dos semanas se corre la Baja Aragón.

–¿Y eso que es?

–Una carrera por el desierto. Mil kilómetros de calor y polvo. Es muy famosa y tiene mucho prestigio. Acuden pilotos de medio mundo.

–Mil kilómetros por el desierto y en pleno verano... ¡Desde luego, hay que tener ganas!

La motorista no me ha preguntado el nombre, ni yo a ella el suyo. Se ha portado increíblemente bien. Para evitar posibles conflictos con la policía de Tráfico por la falta de casco, me ha llevado por pistas del desierto y caminos rurales hasta el barrio de Peñaflor, muy cerca de Zaragoza. Me ha dejado en la parada del autobús urbano y me ha prestado dinero para el billete.

–Ha sido usted muy amable –le digo, tras apearme de la moto–. Espero que volvamos a vernos.

–Seguro que sí –replica ella–. Quizá antes de lo que imagina.

–¡Vaya...! ¿Por qué dice eso?

Tal vez haya sonreído, pero el casco integral me impide verle la boca. Quizá por ello, vuelvo a prestar atención a sus ojos hermosos, oscuros y ovalados. Unos ojazos de campeonato.

–El entierro es a la una –dice ella, de pronto.

–¿Qué? –pregunto, sorprendido–. ¿Qué entierro? ¿De qué habla...? ¡Oiga!

Pero la motorista engrana de un pisotón la primera marcha, acelera y se aleja de inmediato, dejándome más confuso que una mona.

Al sentarme en el bus, me he percatado de que, por increíble que parezca, después de todo lo que me ha ocurrido en los últimos tres días, en el bolsillo del pantalón sigo llevando mi documentación, las llaves de mi casa y el dinero que Nemesio me adelantó por investigar la desaparición de Estólido. Investigación en la que, por cierto, no he avanzado gran cosa. Y, encima, he arruinado su Vespa y su casco de motorista. Me va a matar.

129

Media hora más tarde, me apeo del autobús de la línea 28 en la plaza de San Roque. En mi nueva condición de persona con recursos, de camino a casa me compro un bote de gel y el periódico del día. Un periódico de verdad, de los de pago. Siento la tentación de mirar las esquelas de inmediato. Pero no. Lo primero es lo primero; y lo primero es darme una ducha. Una ducha muy larga.

La página de necrológicas del *Heraldo de Aragón*, confirma la sospecha que se ha ido formando en mi cabeza mientras me enjabonaba los sobacos. Lo hace cuando leo la esquela de Martín Completo. Lo entierran hoy. A la una, tal como la motorista me ha dicho.

—¡Horacio! —grito, a través del ventanuco de la cocina—. ¿Me puedes decir qué hora es?

—¡Sí, puedo!

—¡Pues dímela, caramba!

—¡La una menos diez!

Si me doy prisa, aún puedo llegar a tiempo de darle el pésame a Lorena.

Y, quizá, incluso de descubrir la identidad de la motorista misteriosa.

Hace tanto tiempo que no puedo pagarme un taxi que casi he olvidado la técnica para detenerlos por la calle, de modo que el conductor se queda bastante perplejo cuando me planto en la calzada, delante del vehículo, agitando ambos brazos sobre mi cabeza como si estuviera guiando el aterrizaje de un Boeing.

Cuando llego a la capilla principal del tanatorio de Torrero, la misa por Martín Completo Kürbis está ya muy avanzada. Veo que han acudido unas cien personas. La mayoría, con aspecto de pagar la cuota del Colegio de Abogados. En el primer banco veo a Lorena, acompañada de una mujer de su misma edad, un par de señoras mayores y de tres niños de entre diez y catorce años.

Deduzco que Martín ya había estado casado anteriormente y que la mujer y los tres zagales formaron su primera familia. En cambio, las dos ancianas tienen pinta de ser las típicas tías no carnales que aparecen como de la nada en todos los funerales para decir lo bueno que era el difunto y comunicar oficialmente a todos los asistentes que no somos nadie.

En uno de los últimos bancos, descubro al comisario Souto. Normal. Durante cualquier investigación por asesinato, el entierro de la víctima es una cita ineludible.

–Comisario...

–¡Fermín, por fin! ¿Dónde has estado? Nemesio andaba preocupado.

–He tenido un fin de semana de retiro espiritual. Pensé que me vendría bien para aclarar mis ideas.

–Ah, pero... ¿tú tienes ideas?

–Muy gracioso. Le recuerdo que es de mal gusto hacer bromas en un funeral.

El sacerdote nos exhorta a que nos demos fraternalmente la paz. Souto y yo intercambiamos un leve abrazo, gesto que ambos aprovechamos para echar un nuevo vistazo sobre la concurrencia.

–¿Alguien sospechoso, comisario? –le susurro, después.

–Hombre... yo no diría tanto, pero... esa mujer que tienes a tu derecha, dos filas por delante de nosotros... tengo la sensación de conocerla de algo. Hace rato que la estoy observando y no puedo quitarme de la cabeza la sensación de que la he visto ya en otra ocasión, hace tiempo.

Miró a la mujer. No puedo verle bien la cara pero, por la estatura, bien podría tratarse de la motorista amable y misteriosa. Además, aunque el banco en el que se sienta está ocupado también por otras personas, da la sensación de haber venido sola al funeral.

De pronto, ella se vuelve, me mira y me sonríe.

Ya no hay duda: es la motorista. Esos son sus ojos grandes, oscuros y ovalados. Al reconocerla, el corazón me hace en el pecho una cabriola.

–¡Dios mío, comisario...! Creo que ya sé de quién se trata.

Al acabar la ceremonia, Lorena se dirige al atril, junto al altar y, muy en su papel de viuda desconsolada, agradece a todos los presentes nuestra asistencia y anuncia que, como el cuerpo de Martín va a ser incinerado, no hay conducción del féretro y los actos fúnebres terminan aquí.

Un murmullo sordo se extiende por el templo mientras la mayoría de los asistentes se dirigen a la salida. Solo una docena de los presentes nos aproximamos a los familiares para darles nuestro pésame.

Y, en medio de todo ese movimiento, la mujer que tanto intrigaba a Souto, desaparece.

El comisario echa mano de su comunicador y da instrucciones a sus hombres para que la localicen y retengan.

Pero cuando, tras despedirnos de Lorena, salimos al exterior, los tres agentes que Souto ha traído consigo, niegan haber visto a la mujer de los ojos oscuros.

–¿Estás seguro de que era ella, Fermín?

–Hombre, comisario... han pasado casi quince años. Evidentemente, puedo estar equivocado. Pero a mí me ha parecido que se trataba... de Elisa Lobo.

Conocí a Elisa Lobo a raíz de mi primer caso como detective privado, aquel en el que investigué la desaparición del empresario Serafín Galindo. Elisa Lobo era una peculiar asesina a sueldo, madre de tres hijos.

Lo último que supimos de ella era que, posiblemente, se había marchado a algún país de Suramérica.

–Yo creo que era ella, comisario. Estaba cambiada pero ¿quién no lo está después de quince años? Y su edad encajaba con la que debe de tener en estos momentos.

–¿Y no podría tratarse de su hermana? Porque tenía una hermana, lo recuerdas. ¿Cómo se llamaba?

–¡Claro! Sofía. Se llamaba Sofía. Sí, podría ser su hermana pero, en ese caso, ¿por qué no ha esperado para saludarnos y charlar un rato con nosotros?

–Quizá llevaba prisa.

Tras agotar todas las posibilidades de encontrarla, Souto decide retirar el operativo. Yo, sin embargo, no me rindo.

–Voy a quedarme un rato más por aquí –le digo, cuando la campana de la capilla da dos toques para indicar que son las dos y media de la tarde–. Estoy convencido de que quería hablar conmigo y ha sido su presencia la que la ha hecho desistir.

–¿Mi presencia? –dice Souto–. En ese caso, yo no me fiaría del asunto que se pueda llevar entre manos.

–¡Vamos, comisario...! Usted es un policía. Cualquier otro asesino a sueldo habría hecho lo mismo. Pero yo no soy policía y estoy casi seguro de que ella ha venido aquí esperando encontrarse conmigo.

–¿En lugar de ir a buscarte cualquier mediodía a La Comadreja Parda?

–Quizá no sepa que como allí a diario pero sí haya averiguado que fui el primer marido de la viuda de Martín Completo.

–Tú, siempre buscando la explicación más retorcida. En fin, Fermín... ahí te quedas. Sé que me ocultas algo, pero si no me lo quieres contar, no seré yo el que te suplique que lo hagas. Ya acudirás a mí cuando estés metido hasta el cuello en un lío morrocotudo. Como siempre.

–Gracias comisario. Le tendré al corriente de lo que averigüe.

–¿Averiguar? ¿Tú?

A las tres, decido regresar a casa. Más que nada, porque el calor en el complejo funerario resulta insoportable y, además, no hay ni rastro de la mujer a la que yo creo Elisa Lobo.

Con el dinero que Nemesio me ha adelantado, decido comer en un restaurante que no se parezca al suyo, lo que no es difícil porque casas de comidas como La Comadreja, no hay muchas en Zaragoza. Afortunadamente.

Bajando del cementerio por la avenida de América descubro un restaurante económico con un muy asequible menú del día. Y allí me quedo.

Dos platos, pan, vino y postre, nueve euros con cincuenta, IVA incluido. Luego, en lugar de coger el autobús, decido caminar hasta mi casa.

A eso de las cuatro y cuarto, ya estoy de regreso.

En cuanto abro la puerta del piso, antes aun de encender la luz del vestíbulo, me percato de que alguien ha entrado en la vivienda durante mi ausencia. El rastro es claro: huele a limpiador de pino.

No solo eso: alguien ha fregado el suelo. Inaudito.

De inmediato, se activan en mi cerebro todas las alarmas.

En casa no guardo armas de fuego, más que nada porque no poseo ninguna, pero para casos de emergencia tengo escondido en el fondo del paragüero de la entrada un calcetín de tenis lleno de monedas de cincuenta pesetas, de las de Franco.

En total silencio, me hago con él y avanzo por el pasillo. El corazón me da saltos mortales. La inquietud alcanza niveles de pánico cuando descubro que la cocina está ordenada y todos los cacharros, limpios.

–¿Qué demonios...? –murmuro, con la boca seca como el esparto.

–Hola, detective –escucho entonces, a mi espalda.

El susto es tan grande que lanzo un berrido al tiempo que efectúo una alocada cabriola que aprendí de joven, cuando tomaba clases de jota en la Universidad Popular. Sin querer, me golpeo en la cabeza sucesivamente con el tabique y con el calcetín lleno de monedas. ¡Qué daño!

Cuando consigo enfocar de nuevo la vista, constato que, en mi sillón preferido del cuarto de estar, se halla sentada la atractiva mujer del funeral. Sonríe. Al verla de cerca –sobre todo al volver a contemplar sus ojos oscuros– ya no albergo ninguna duda de que se trata de Elisa Lobo. Y también de la motorista que me trasladó desde lo más profundo de los Monegros a la parada del autobús de Peñaflor.

–He estado limpiado un poco mientras le esperaba. Discúlpeme, pero no soporto el desorden ni la suciedad. Al menos, no en el grado que presentaba en esta casa. No le importará, ¿verdad?

–No, claro que no, Elisa... ¿por qué iba a importarme?

–¿Quién sabe? A lo mejor estaba usted cultivando mohos a propósito para venderlos a una fábrica de antibióticos.

–Pues no se me había ocurrido. No es mala idea, ahora que lo dice.

Debe de tener unos cincuenta años, pero nadie se los daría. Está fuerte, atlética. Ya no tiene cara de víctima, de mujer del medio rural, sin recursos, sin estudios, apaleada por la vida y abandonada por el marido. Ese era su aspecto cuando nos conocimos, porque esa era su situación. Pero ahora no. Ahora se cuida, se valora, tiene la mirada clara y decidida. Ha salido adelante y ha sacado adelante a sus hijos, aunque haya sido a golpe de disparo de fusil de precisión.

–¿Qué tal están sus hijos, Elisa?

La pregunta le enturbia la mirada durante unos instantes.

–Bueno... Jesús murió de una neumonía hace diez años.

–¡Oh...! No sabe cuánto lo siento –le digo, con total sinceridad.

–Fue un golpe muy duro, pero... no le voy a engañar: también supuso una liberación y un cambio radical en mi vida.

–Lo imagino.

Jesús sufría de parálisis cerebral. Su imagen aún permanece en mi memoria.

–Álvaro, el mayor, terminó Medicina hace dos años y acaba de aprobar el MIR para especializarse en Psiquiatría. Toñín va a cumplir los dieciséis años. Ahora está de campamento, en el Montseny, con los *boy scouts*. El curso próximo empezará el bachillerato. Dice que quiere ser inspector de policía. ¿Qué le parece? ¡Policía!

–Ya se sabe: los adolescentes, siempre llevándoles la contraria a sus padres. ¿Y usted, Elisa? ¿Sigue... con su mismo oficio?

La mujer sacude la cabeza en un gesto de ambigüedad.

–Sigo matando por encargo, sí. Pero a raíz de la muerte de Jesusín, al disponer de pronto de todo el tiempo que le dedicaba, decidí ponerme a estudiar. Hice el curso de investigador privado por correspondencia.

–¿El de la academia CEAC?

–El mismo. Luego, vi que se me daba bien lo de aprender cosas y me fui apuntando a mil y un cursillos diferentes. Ahora... mi principal trabajo es el de detective privada, aunque.. si de mis pesquisas el cliente deduce que alguien debe ser eliminado, me puedo encargar también de ello. En ese caso, tengo una tarifa especial que sale más económica.

Siento un escalofrío cuando Lobo dice eso. Más que nada, porque no sé todavía cuál es la razón por la que está sentada en el salón de mi casa.

–Tengo una curiosidad, Elisa –digo antes de soltar la pregunta– ¿Fue usted quien mató a aquellos buitres en el desierto de los Monegros?

La mujer asiente.

–No fue un trabajo muy bueno. Cuatro disparos para matar a dos buitres. No se lo diga a nadie, Escartín, o peligra mi reputación de tiradora infalible.

–¿Y cómo demonios...? ¿Cómo dio con mi paradero? No irá a decirme que fue una casualidad.

–¡Oh, no, no...! Llevaba bastantes horas buscándole y, por fin, lo localicé gracias a los buitres que planeaban sobre usted. Vi que se le acababa el tiempo, se encontraba muy lejos de mí, el terreno era escarpado y yo no tenía posibilidad de prestarle ayuda directa, así que, al menos, opté por librarle de los buitres. Sentí miedo, la verdad. Pensé que se lo iban a comer vivo.

Sintió miedo por mí, dice.

–¿Por qué lo hizo? ¿Por qué me ayudó?

Elisa Lobo inspira a fondo y sonríe.

–Hace quince años usted y el comisario Souto se portaron muy bien conmigo. Trabajar como asesina profesional no es incompatible con ser agradecida.

–Sigo sin explicarme cómo es posible que estuviera usted allí, para salvarme de los buitres. ¿Qué demonios hacía en el desierto de los Monegros?

Elisa afila la mirada y también la sonrisa.

–Tiene que ver con... con mi último trabajo. El asunto que llevo ahora entre manos. Es una historia larga de contar.

–¿Tiene prisa? –digo, tomando una silla y sentándome frente a ella, con el respaldo por delante–. Porque yo no tengo ninguna.

Elisa vuelve a sonreír. Ahora, más abiertamente.

–Lo cierto es que no, no tengo prisa.

–La escucho, entonces.

–Bien. Además, quiero contárselo todo porque... bueno, lo cierto es que estoy un poco desorientada y... he pensado que quizá usted pueda echarme una mano. Solo para la investigación, se entiende.

–Ah, vamos, que no me va a pedir que mate a nadie.

–No, si usted no quiere.

–Espléndido. ¿Le apetece un café?

Elisa se levanta del sillón.

–Ya lo hago yo, Escartín, no se moleste. He tenido que comprar un paquete, porque a usted no le quedaba. En realidad, no le quedaba de casi nada.

En silencio, veo cómo la señora Lobo abre el armario de la cocina y luego manipula la cafetera, y la coloca sobre el fuego. Cuando el café comienza a borbotear, lo sirve en una taza para ella y en un vaso pequeño, para mí.

–¿Azúcar?

–¿También ha comprado azúcar?

–También.

–Entonces, sí. Tres cucharaditas, por favor.

Y con el aroma del café en el ambiente, Elisa Lobo, asesina profesional, empieza a desgranar su parte de esta historia.

139

Segunda parte: la de Elisa

18 de julio, martes

Roberto Molinedo, consejero delegado para España de Joker's Holidays, Inc., abrió personalmente la puerta de su despacho en la planta catorce del rascacielos de la antigua Villa Olímpica de Barcelona en la que la empresa había instalado su oficina, e hizo pasar a Elisa Lobo.

–Adelante, por favor... –dijo, señalándole el cómodo sillón de confidente y ocupando él su butaca tras la mesa de nogal de cinco mil euros.

Elisa Lobo acababa de cumplir los cincuenta y dos años pero parecía más joven. Estaba en plena forma gracias a un par de horas diarias de gimnasio. Además, desde joven se había teñido el pelo de negro azabache, más oscuro que su natural castaño, y ahora que las canas intentaban ocupar el lugar que les es propio, ella no tenía ninguna intención de dejarles ese espacio.

—Tenemos un nuevo trabajo para usted, señora Lobo —dijo Molinedo—. Y se trata de algo urgente.

Elisa tenía buena memoria. No tomaba notas de nada. Además, sabía que algunas de las carpetas que Molinedo tenía sobre la mesa, serían para ella.

—Usted dirá.

—Verá... Hace aproximadamente un año, nuestra casa matriz en Nevada, Estados Unidos, puso en marcha un proyecto de juego y ocio para España, al que llamamos «Grand Póker». Un complejo de casinos, hoteles y parques temáticos. La zona elegida fue Aragón y, concretamente, el municipio de Artiga de Monegros, en la provincia de Zaragoza.

La sola mención de Aragón y Zaragoza, trajo a Elisa recuerdos de sus orígenes. Había nacido y pasado su infancia en una masada del Maestrazgo turolense. Lo primero que pensó fue que su tierra, Teruel, perdía una nueva oportunidad. Y que, como casi siempre, la oportunidad se la llevaba Zaragoza. Aunque tenía que reconocer que los pueblos del Teruel más profundo no tenían gran cosa que envidiar a los diseminados por el desierto de los Monegros.

—Hace ya bastante tiempo —había continuado Molinedo— que iniciamos discretas negociaciones con las autoridades de Artiga y con los propietarios de las fincas que deseábamos comprar para instalar nuestro proyecto. Por fin, tras una primera reunión en el ayuntamiento del pueblo, hace seis meses, el asunto parecía encauzado. Como representante de nuestra empresa quedó encargado de seguir de cerca el proceso un abogado de Zaragoza que ya había colaborado con nosotros en diversas ocasiones de modo muy satisfactorio. Su nombre es Martín Completo Kürbis.

144

Molinedo empujó hacia Elisa Lobo una de las carpetas que tenía sobre la mesa.

–Aquí tiene un exhaustivo dossier personal y profesional sobre él.

«Un informe completo sobre Completo» –pensó Elisa.

–Según nos contaba este abogado, todo el tema iba sobre ruedas. Los acuerdos con los diversos propietarios se fueron cerrando sin problemas y ayer, lunes, él tenía previsto acudir a la notaría de la localidad de Fraga acompañado por los dueños de las fincas para formalizar y escriturar las correspondientes compraventas. Sin embargo... desde ayer a primeras horas, no hemos tenido noticia alguna del señor Completo e ignoramos su paradero.

–¿No llegó a acudir a la cita con el notario y los vendedores de los terrenos?

–No. El señor notario nos confirmó que le había reservado hora para esa operación, pero nuestro hombre no apareció. Acudieron solo los vecinos de Artiga, seis en total; pero, lógicamente, nada de lo previsto se pudo llevar adelante, al faltar una de la partes.

Elisa Lobo frunció el ceño.

–Es un asunto intrigante pero no entiendo por qué me llaman ustedes a mí. Denuncien la desaparición y que la policía se encargue de la búsqueda de Completo. Y envíen otro representante de la empresa a cerrar el trato con los propietarios de esas fincas.

Molinedo carraspeó. A Elisa le dio la impresión de que el ejecutivo se sonrojaba ligeramente.

–Por desgracia, no es tan sencillo. Verá... el señor Completo, hace unos días, nos transmitió que los vendedores, gente rural, sencilla y desconfiada por naturaleza, deseaban a toda costa cobrar el precio acordado en el momento mismo de formalizar la compraventa...

—Lo cual es completamente lógico —intervino Elisa.

—... Y, además, querían hacerlo en metálico.

Elisa esbozó una sonrisa, algo burlona.

—¿En billetes de banco, quiere usted decir?

—Así es. Nuestra confianza en el abogado Completo era total, de modo que le autorizamos a retirar de una de nuestras cuentas los fondos para realizar ese pago en efectivo.

—Cosa que él hizo, supongo.

Molinedo asintió con disgusto.

—En la mañana de ayer, justo antes de que le perdiésemos la pista. Precisamente fue allí, en la oficina principal en Zaragoza del Banco Santander donde fue visto por última vez.

—¡Qué casualidad! Y... ¿de cuánto dinero estamos hablando?

Molinedo llenó completamente sus pulmones de aire antes de responder.

—La cantidad es alta. Tenga en cuenta que el proyecto es muy ambicioso y debemos adquirir más de un millar de hectáreas de terreno...

—Déjese de rodeos. ¿Cuánto se llevó Completo del banco?

—Veintitrés millones de euros en billetes de cien, doscientos y quinientos.

Elisa Lobo sacudió la cabeza mientras chasqueaba la lengua.

—No aprenderán ustedes nunca —musitó.

Molinedo torció el gesto.

146 —Los reproches no sirven de nada, señora Lobo. Ahora, lo que procede es averiguar el paradero del abogado Completo

y, naturalmente, también del dinero. Si, como parece evidente, Martín Completo se ha apropiado de esos veintitrés millones, su misión será recuperar el capital sustraído y eliminar a Completo.

«Otro muerto», pensó Elisa. No eran muchos, a lo largo de su carrera; pero sí demasiados, ya. Había perdido la cuenta. O quizá nunca quiso llevarla. Pero este sería el último, si todo iba bien.

–Han pasado más de veinticuatro horas –recordó Elisa–. Completo puede estar ya en la otra punta del mundo.

–¡Me importa un bledo dónde se encuentre! Si ha huido, vaya tras él y mátelo igualmente, esté donde esté. No repare en gastos, tiempo ni medios. Nadie estafa a nuestra firma y sigue luego vivo para contarlo.

El tono empleado por Molinedo denotó que estaba cerca de perder los nervios. Sin duda se hallaba muy presionado por sus jefes, que le reclamaban enmendar sus errores. De modo que Elisa asintió, para no empeorar las cosas.

–También podría haber otra explicación –dijo, a continuación–. Que Completo haya sido víctima de un atraco en el camino entre el banco y la notaría. Fraga está a más de cien kilómetros de Zaragoza, si no recuerdo mal. En cien kilómetros pueden pasar muchas cosas.

–En tal caso, su misión será, igualmente, recuperar la pasta y eliminar al ladrón, sea quien sea.

–Entendido –dijo Elisa. Levantándose del sillón–. ¿Algo más?

–Nada. Que tenga suerte. Espero que me informe puntualmente de la marcha de sus averiguaciones.

–Así lo haré. Como siempre.

Apenas una hora más tarde, Elisa Lobo llegaba, con una maleta bastante voluminosa, a la estación de Sants para ocupar plaza de clase Club en un tren AVE de Barcelona a Madrid con parada en Zaragoza.

Al embarcar, tuvo que introducir la maleta por el escáner de rayos X pero, sin embargo, los pasajeros no se ven obligados a atravesar ningún arco de seguridad, así que pudo pasar su pistola Star y su rifle de precisión Accuracy, desmontado y oculto entre las ropas que vestía.

Durante la hora y media que duró el recorrido, se dedicó a leer el informe sobre Martín Completo y también a realizar algunas averiguaciones adicionales a través de su portátil Toshiba, conectado a Internet a través de la red 3G de telefonía móvil.

Todo eso le condujo a su primera sorpresa. El abogado Martín Completo, de cincuenta y cinco años, se había casado pocos meses atrás en segundas nupcias con Lorena Mendilicueta, de cuarenta y dos. También para Lorena era su segundo matrimonio pues dieciséis años atrás había estado casada durante un breve período de tiempo con un profesor de la Facultad de Letras de la Universidad de Zaragoza, reconvertido más tarde en detective privado, llamado Fermín Escartín.

Elisa sonrió, nostálgica, al leer el nombre de aquel viejo conocido suyo.

Al apearse del tren en Zaragoza-Delicias, Elisa alquiló un Ford Ka en la propia estación. Luego, introdujo la dirección del domicilio de Martín Completo en el navegador de su PDA y dejó que la voz masculina que había seleccionado para el aparato, la guiase hasta la selecta urbanización, situada al norte de la ciudad.

Al llegar, localizó el chalé de los Completo-Mendilicueta, ciertamente lujoso. Primero, dio una vuelta por la zona durante la que pudo comprobar que la seguridad en la urbanización era prácticamente inexistente. Ni cámaras, ni servicio de vigilancia. Quizá por las noches hubiera un par de guardias jurados dando vueltas en un coche pero, de día, la seguridad se ceñía a lo que cada propietario hubiera instalado en su casa.

Elisa bajó del coche y, de la maleta, sacó una gorra de visera y un chaleco reflectante que, al ponérselos, le confirieron de inmediato aspecto de operaria de cualquier empresa de suministro. Una pequeña caja de herramientas completó el disfraz eficazmente.

Ya había localizado en la acera de enfrente del chalé de los Completo un armario de contadores eléctricos que abrió sin dificultad con una llave de triángulo. Con un pequeño taladro de baterías practicó un agujerito en la chapa del costado del armario, por el que asomó el objetivo de una minicámara de vídeo que captaría todos los movimientos que se produjeran frente a la casa. Podría ver la imagen desde su portátil en tiempo real o registrar hasta setenta y dos horas de vídeo en la memoria de estado sólido incorporada a la cámara. Dejó el aparato dentro del armario eléctrico, oculto tras varias madejas de cables, y volvió al coche, donde encendió el ordenador para comprobar la buena recepción de la señal.

A continuación, localizó la línea telefónica fija del chalé y siguió su recorrido hasta dar con el punto por el que entraba en la finca. Por inaudito que pueda parecer, mucha gente sigue teniendo en su casa un teléfono fijo y, lo que aún es más sorprendente, lo utiliza con frecuencia pese a disponer de uno o varios móviles.

Como si tal cosa, Elisa aún ataviada con su disfraz, trepó hasta lo alto del poste telefónico situado entre la casa de los Completo y la contigua, y procedió a «pinchar» el cable, con un dispositivo de tamaño ínfimo, que le permitiría escuchar y grabar las conversaciones siempre que se encontrase en un radio de ciento cincuenta metros.

Cuando terminó de disponer su sistema de control sobre la casa de Martín y Lorena, Elisa Lobo aún no sabía a qué carta quedarse en aquel asunto. Siempre que tenía entre manos una investigación le gustaba apostar por una determinada teoría y moverse en torno a ella, descartando o confirmando aspectos de la misma.

Sacó de la guantera un lapicero y una libreta. Escribir sus ideas le ayudaba a pensar mejor.

En este asunto, consideraba como lo más probable que Martín Completo, tal vez con la cooperación de su mujer, se hubiese quedado el dinero de la Joker's Holidays. Esa era su teoría favorita y la subrayó repetidas veces en la libreta. Pero solo le concedía a esa opción una probabilidad del setenta por ciento. Puesto que todos los propietarios de Artiga sabían que el abogado viajaría en la mañana del pasado lunes hasta Fraga transportando veintitrés millones de euros en metálico, la posibilidad de que uno o varios de ellos hubiesen trazado un plan para robarle y quizá matarle no era completamente disparatada. Sin embargo, le parecía muy extraño que personas normales, sencillas, con la vida resuelta y que, de hecho, iban a cerrar un buen negocio, se arriesgasen a cometer un crimen capital solo por conseguir más dinero del que ya tenían. Aunque todo era posible, claro. La avaricia del ser humano no conoce límites. Una vez valorado todo ello, Elisa le concedió a esa segunda teoría una probabilidad del veinticinco por ciento. El restante cinco por ciento lo guardaba para otras explicaciones aún más complejas y extravagantes.

Suponiendo que su teoría favorita fuera cierta, las variantes a las que se enfrentaba, estaban claras. En primer lugar: que Completo hubiese llevado adelante el robo con la complicidad de su esposa o que hubiese trabajado solo. Les concedía a ambas opciones una probabilidad similar aunque, por mera intuición, decidió que su favorita era la primera. Sí. Decididamente, la mujer de Completo tenía que estar implicada, de un modo u otro, en el asunto. Lo mejor de esa elección era que, en el caso de ser cierta, le facilitaría mucho el trabajo. Si Completo y su mujer eran cómplices, tarde o temprano se reunirían para disfrutar del botín. Si vigilaba a Lorena, acabaría dando con su marido y con el dinero.

Le gustaba ese panorama. En la libreta rodeó con un óvalo las frases que hacían referencia a la colaboración entre los dos cónyuges.

A primera hora de la tarde, Elisa comprobó cómo Lorena llamaba a un radiotaxi, que se detuvo en la puerta de su casa ocho minutos más tarde.

Elisa dudó entre seguir al vehículo o intentar registrar la casa en ausencia de Lorena. Viendo que la señora de Completo abandonaba la casa sin equipaje alguno, supuso que no iría muy lejos y optó por la segunda opción.

Cuando el taxi se perdió por el fondo de la avenida, Elisa Lobo se acercó al chalé en busca de un buen acceso al mismo. Para ello, volvió a simular ser empleada de la empresa de electricidad.

El perro de los Completo la miró con indiferencia cuando atravesó la puerta de la tapia y entró en el jardín. Ni siquiera ladró. Sin embargo, Elisa pronto desistió de su propósito de registrar el domicilio del matrimonio, tras comprobar que la casa estaba muy bien protegida por alarmas de apariencia sofisticada, conectadas con una central privada y, seguramente, también con la policía. Mal asunto. Violar códigos de acceso y desactivar alarmas se le daba bastante bien pero, en el mejor de los casos, anular aquel sistema le llevaría un tiempo considerable y no sabía de cuánto disponía hasta que Lorena regresase. Y tampoco era cuestión de ponerse a la faena en pleno día y a la vista de cualquier curioso que pasase por los alrededores.

Lo que Elisa no podía imaginar era cuánto habría cambiado su investigación de haber entrado en la casa de Lorena y Martín en ese momento.

Navegando por el catastro

Lorena regresó al cabo de una hora y cuarto, tiempo que Elisa dedicó a seguir documentándose sobre los peones secundarios del juego: los vecinos de Artiga que iban a vender parte de sus propiedades para levantar en esos terrenos un imperio de ocio, juego y apuestas que llevaría a su municipio mucho dinero y no pocos puestos de trabajo aunque, seguramente, también considerables problemas de convivencia.

Comparando la información que le había proporcionado Molinedo, con la que ofrecía la página web del Catastro, Elisa fue dibujando sobre un plano el contorno de la finca que pasaría a manos de sus actuales clientes cuando las compraventas frustradas el día anterior se llevasen por fin a cabo. Al terminar se percató de que la extensión del terreno adquirido por la Joker's Holidays en el municipio de Artiga resultaba abrumadora. Estaba claro que, para instalar media docena de hoteles, otros tantos casinos de juego y no menos de tres grandes parques temáticos, hacía falta mucho desierto.

Sin embargo, de manera intuitiva, le pareció que algo no terminaba de encajar. Que había un desfase.

Como no soportaba quedarse con una mala sensación, volvió a revisar con detenimiento varias páginas de datos a los que antes no había prestado demasiada atención.

Leyó de nuevo las características generales del proyecto «Grand Póker». Tomó nota de la superficie total que ocuparía el complejo. Acto seguido, sumó pacientemente la extensión de las siete fincas que se debían haber escriturado el día anterior, lunes, en la notaría de Fraga. Y enseguida encontró el desajuste: aun con todas esas compras, a la Joker's Holidays le faltaban trescientas hectáreas para cubrir las necesidades del proyecto. Tres millones de metros cuadrados.

Elisa tuvo la sensación de que había dado con algo importante.

Volvió al croquis del catastro. Revisó las parcelas que lindaban con las siete fincas ya apalabradas. Enseguida se le hizo evidente cuál era la pieza que la empresa de Nevada necesitaba para completar su proyecto. Se trataba de una finca situada al suroeste de las demás, de forma triangular y del tamaño adecuado para que, una vez añadida a las otras siete, formasen entre todas un rectángulo casi perfecto, y de la extensión idónea para albergar el proyecto «Grand Póker».

Elisa hizo clic dentro del triángulo para conocer el nombre del propietario. El estómago le hizo una cabriola cuando, en la pantalla de su portátil, aparecieron los nombres de Martín Completo y Lorena Mendilicueta.

Lógicamente, se preguntó por las implicaciones de aquel descubrimiento. ¿Qué significaba, en realidad? ¿Tan solo que Completo y su mujer pensaban hacer el negocio de su vida a costa de la empresa para la que él trabajaba? ¿Y cómo encajaba esto con la desaparición del abogado y de los veintitrés millones de euros?

Elisa hinchó los carrillos, incapaz de encontrar el verdadero significado de su hallazgo. Le faltaban datos, sin duda. Pero tomó notas precisas de todos los detalles y de todas las preguntas. Tarde o temprano daría con la solución, por supuesto.

Revisó la imagen de la casa. Lorena aún no había regresado. Pensó que quizá habría sido mejor idea seguir el taxi en el que se fue.

Se quitó las gafas de présbite que ahora ya debía utilizar inevitablemente para trabajar ante la pantalla del ordenador. Se masajeó el puente de la nariz. Miró a lo lejos.

Seguía inquieta y no lograba establecer por qué. Había algo más, estaba segura. Algo que le molestaba, algo que zumbaba en su cabeza como un moscardón.

Zzzuuummm...

Como un moscardón.

Zzzuuummm...

Entonces, el moscardón se posó.

Lo vio, de pronto. Lo recordó, más bien.

Molinedo le había dicho que fueron seis los vecinos de Artiga que habían acudido ayer al notario de Fraga dispuestos a escriturar la venta de sus tierras. Sin embargo, de los informes del abogado Completo se desprendía que eran siete las fincas en venta y ocho los propietarios que debían acudir a la cita y acceder a vender sus fincas a la compañía. Evidentemente, una finca podía tener dos o más propietarios y un propietario podía serlo de más de una finca, por lo que quizá el desajuste se debía a un simple error de Molinedo y, por tanto, carecer de toda importancia. O tal vez no.

Elisa Lobo hizo una nueva anotación en su libreta, con la intención de comprobarlo más tarde. Sin embargo, al cabo de unos segundos decidió buscar la respuesta de inmediato.

Con una llamada a información telefónica, consiguió el número de la notaría de Fraga. Le atendió una de las secretarias del notario. En cuanto Elisa se identificó como investigadora contratada por Joker's Holidays, todo fueron facilidades. Estaba claro que los honorarios de la notaría por escriturar esas compraventas valoradas en veintitrés millones de euros, tenían que ser realmente sustanciosos. Lo bastante sustanciosos como para mostrarse colaboradores con cualquier investigación emprendida por el comprador.

–En efecto, las compraventas previstas afectaban a un total de seis fincas –le informó la secretaria del notario–. Los seis propietarios se presentaron el pasado lunes aquí, a la hora fijada pero, como ya sabrá, la ausencia del señor Completo imposibilitó las operaciones y su elevación a escritura pública.

—Estoy al corriente, sí. Sin embargo, debo de haber sufrido un error. Según mi documentación, debería tratarse de siete fincas y ocho propietarios.

—Lo siento, pero no es así. Yo misma preparé las escrituras. Seis fincas, de seis propietarios individuales y diferentes.

—¿Podría leerme los nombres de esos propietarios, para poder detectar dónde tengo el error?

La secretaria accedió. De su propia lista, Elisa fue tachando los apellidos conforme los escuchaba de boca de la secretaria.

Cuando colgó, la investigadora leyó en voz alta los dos nombres que habían quedado indemnes.

—Estólido Martínez y Amelia Mantecón.

«¿Por qué estos dos no acudieron a la notaría de Fraga?», se preguntó, acto seguido.

Se trataba de un matrimonio residente en Artiga. Elisa buscó en el croquis del catastro la finca de la que eran copropietarios. Era grande, de casi cien hectáreas, y ocupaba prácticamente el centro del terreno previsto para «Grand Póker». Sin esa finca, resultaba imposible llevar adelante el proyecto.

Elisa frunció el ceño.

—¿Qué demonios significa todo esto? —susurró.

Tras su regreso, Lorena ya no volvió a salir de casa en el resto de la tarde.

Cuando cayó la noche, Elisa decidió alojarse en un hotel cercano. No creía que ocurriese nada interesante pero, por si

acaso, podría seguir vigilando la casa desde su ordenador conectado a Internet. Además, el hotel disponía de red wi-fi gra-
tuita para sus clientes.

A las once menos cuarto, llamó a Roberto Molinedo para
darle el parte del día. Por alguna razón, en el último momento
decidió silenciar sus recientes descubrimientos. Quería seguir
dándole vueltas a ambas circunstancias por su cuenta.

Aunque no ocurrió nada destacable en toda la noche, Elisa
durmió mal y apenas pudo pegar ojo.

19 de julio, miércoles

A la mañana siguiente, Elisa situó el Ford Ka en otra de las calles cercanas a la casa de Lorena y Completo. No ocurrió nada destacable. Lorena no abandonó la casa y tampoco hizo ni recibió ninguna llamada por el teléfono fijo.

La investigadora empezó a temer que aquella vigilancia pudiera no dar resultado alguno y que bien podía estar perdiendo el tiempo miserablemente.

Mientras meditaba la posibilidad de iniciar alguna otra línea de investigación, optó por realizar también algunas pesquisas menores. Entre ellas, llamó a la ex mujer de Martín Completo preguntando por él. La respuesta de la primera esposa del abogado la convenció de que hacía mucho tiempo que no se hablaban y de que la mujer ni siquiera tenía aún noticia de la desaparición de su ex marido.

A mediodía, mientras se comía una enorme hamburguesa que compró en una cafetería cercana a la urbanización, Elisa decidió empezar a trazar un nuevo plan, convencida de que el actual la iba a conducir a un callejón sin salida. Pese a haber pinchado el teléfono de la vivienda, no conseguía la menor información. Se preguntó si debería enfocar el caso de otro modo, pasando a considerar que Martín Completo había actuado en solitario, sin la colaboración de su esposa. Elisa se negó a sí misma, lentamente. No, esa no era una buena opción. Algo le decía que la mujer del abogado estaba involucrada de una manera o de otra, pero lo cierto es que en ningún momento, hasta ahora, la había pillado en un desliz, en un renuncio, en una frase comprometedora, en una llamada sospechosa. Nada.

Por suerte, la monotonía absoluta se rompió a primera hora de la tarde, cuando un nuevo e inesperado elemento entró en acción. Apareció por la casa de su ex mujer el detective Fermín Escartín.

Elisa siguió sus movimientos con curiosidad a través de la imagen de la minicámara. Escartín hizo cosas muy raras antes de atreverse a cruzar el jardín y llamar a la puerta. Por alguna razón, el inofensivo perro de los Completo, persiguió al detective ladrando con furia e intentando morderle los tobillos.

Y, unos minutos después, a través del pinchazo telefónico, Elisa pudo escuchar la llamada que parecía desbaratar su teoría preferida: el comisario Souto le pedía a Lorena que se acercase a la morgue del Hospital Clínico para identificar un cadáver. Esa petición no podía referirse a otro muerto que su marido. Si la identificación era positiva, Martín Completo pasaría de principal sospechoso a inocente víctima, y todo el planteamiento que se había hecho acerca del caso se iría al garete.

Cuando Fermín y su ex mujer salieron de casa camino del Instituto Anatómico Forense para encontrarse allí con Souto, Elisa conducía por delante de ellos su Ford Ka de alquiler. Sabía perfectamente a dónde se dirigían y el GPS la guió sin problemas por el camino más corto.

Al llegar al Hospital Clínico, vio en la puerta trasera del edificio al comisario Souto, sin duda esperando a Escartín y Lorena. Lo encontró muy avejentado, con el cabello entrecano y bastante más largo que cuando lo conoció. Hacía quince años que no se veían pero no quiso arriesgarse a que la reconociera, así que buscó la entrada principal del edificio y desde allí, se dirigió a la morgue. En un vestuario cercano localizó ropa de quirófano, que se colocó sobre la suya, una mascarilla, gorro, guantes de látex y unos chanclos de plástico transparente sobre los zapatos. Así vestida, entró con todo aplomo en la sala de autopsias.

Había dos cuerpos tendidos sobre las mesas de disección y cubiertos ambos por sendas sábanas de color azul oscuro. Las formas no engañaban: uno de los cadáveres, sin duda pertenecía a una mujer con grandes pechos. Así que Elisa se dirigió directamente hacia el otro.

Alzó la sábana y dio un respingo al comprobar el terrible aspecto de la cara del cadáver, golpeada con saña inaudita hasta la desfiguración completa. No menos la impresionó la ausencia de las dos manos, limpiamente amputadas a la altura de las muñecas. Revisó el cuerpo, incluso dándole parcialmente la vuelta, tratando de anotar en su memoria cualquier detalle que le pareciera importante o curioso. Por supuesto, el más significativo fue el misterioso tatuaje de la nalga derecha. Lo estuvo mirando con atención al menos medio minuto para estar segura de que lo recordaría con precisión: un rectángulo vertical de color violeta, con los lados menores quebrados hacia el centro.

En ese momento, oyó pasos fuera. Agachándose con rapidez, se ocultó detrás de una camilla. Un médico forense, con ropas similares a las que ella vestía, entró procedente del pasillo de acceso y se dirigió a un rincón de la sala, donde estaba el fregadero. Aprovechando que el tipo abrió el grifo y comenzó a lavarse las manos, Elisa se deslizó hasta un pequeño cuarto de servicio, lleno de lencería de quirófano, limpia y planchada, y de diverso material clínico y se ocultó en él.

Apenas dos minutos más tarde, hicieron su aparición el comisario Souto y Fermín Escartín, acompañando solícitamente a Lorena Mendilicueta.

Desde su escondite, Elisa pudo escuchar sin problemas toda su posterior conversación, en la que la ex mujer del detective identificó sin rastro de duda el cadáver de su marido. Y lo hizo, precisamente, gracias al curioso tatuaje de color violeta.

Elisa Lobo torció el gesto. Tal como se temía, aquella identificación dinamitaba su principal teoría sobre el caso.

Sintió que se quedaba con las manos vacías.

Tendría que empezar de cero.

* * *

La verdad es que, escuchando a Elisa, siento una punzadita de envidia. Hay algo evidente: yo empecé antes que ella en esto de la investigación privada y, sin embargo, aquí sigo, estancado, con métodos del siglo XIX, fiándome solo de mis deducciones, cuando no de la pura intuición. Y ella, en cambio, ya lo veis, viajes de AVE en clase Club, coches de alquiler, material electrónico... en fin, que a su lado me siento un detective de tercera.

–Aún no me ha dicho cómo es que estaba allí, en pleno desierto, para salvarme la vida.

Elisa sonríe, una vez más, antes de satisfacer mi curiosidad.

–Pensaba llegar a ello a su debido tiempo, pero ya que se muestra tan impaciente... La respuesta es que, cuando usted apareció el viernes pasado ante la asociación de mujeres «Mary Wollstonecraft», en Artiga de Monegros... yo estaba allí. Estaba hablando con Encarna, la mujer que le abrió la puerta.

–La que tenía aspecto de árbitro de fútbol.

–Yo pensé que lo tenía de sepulturero del lejano oeste –dice Elisa, riendo.

–¿Y de qué hablaban usted y ella, si puede saberse?

–Me estaba haciendo pasar por una mujer en apuros, recién llegada de Zaragoza huyendo de un marido maltratador.

–Me parece una estratagema poco ética por su parte. Lo del maltrato doméstico es un tema muy serio.

A Elisa se le escapa la risa, de nuevo.

–Lo es, sin duda, detective –me responde–. Y me alegra que piense usted así. Pero hablarle de ética a alguien como yo, suena a broma, ¿no le parece? En todo caso, esa falta de ética me permitió escuchar su conversación con aquella mujer y la llamada telefónica que ella realizó en cuanto usted se fue.

* * *

La mujer que parecía un árbitro de fútbol comunista cerró la puerta con cierta violencia y se dirigió de inmediato al teléfono que reposaba en una mesita rinconera, junto a una atónita mujer de ojos llorosos que le acababa de contar cómo había tenido que huir de Zaragoza para escapar de un marido que le hacía la vida imposible.

Descolgó y marcó un número.

–¿Oye? ...Soy Encarna. Llamo desde la asociación. Acaba de venir a interrogarme un detective privado. Un tal Escartín. Fermín Escartín... Ese mismo, sí. De modo que ya sabes quién es. Me ha enseñado la fotografía de un hombre que... ¿cómo? N... no, no. Yo le he dicho que no lo conocía, por supuesto. Pero... la verdad es que su cara me sonaba de algo. No sé de qué. Y me ha hecho algunas preguntas que... Me ha preguntado si dábamos cursillos de tatuaje. ¡Así, como te lo cuento! ¡De tatuaje! Está claro que sabe algo. Vosotros veréis lo que hacéis pero yo creo que supone un peligro enorme. Enorme, sí. Hay que... hay que impedir que vaya por ahí contando lo nuestro... Sería el fin de la asociación. Eso es, sí... Cuento con ello. Vale, adiós.

Cuando colgó el aparato, la mujer que había llegado de Zaragoza la miraba con cierta alarma.

–No te preocupes –le dijo Encarna–. No era más que otro hijo de perra. Como tu marido. Y aquí sabemos cómo tratar a los hijos de perra, te lo aseguro.

* * *

Llegados a este punto, Elisa corta de nuevo la narración y me mira con interés, tras dar un sorbito a su café.

–Tengo una curiosidad, detective: ¿cómo localizó usted la asociación «Mary Wollstonecraft»?

«¿Qué hago? ¿Le digo la verdad o me invento una patraña?»

–No tiene ningún mérito, Elisa. Ninguno. Fue pura casualidad.

–Vaya, si no me lo quiere contar...

–¡Esa es la verdad! Por puro azar, pasé por la puerta de la asociación, vi el emblema en el letrero junto a la puerta, recordé el curioso tatuaje que adornaba el trasero del cadáver de Martín Completo y pensé que no podía tratarse de una coincidencia, así que llamé a la puerta, a ver qué podía averiguar. Una casualidad total.

–No pretenderá que me lo crea, ¿verdad? Iría usted a Artiga de Monegros siguiendo alguna pista del caso.

–No.

–¿No?

–No, Elisa. Yo... no estoy investigando la muerte de Martín Completo. Fui a Artiga por otro asunto. Un caso diferente. Un vecino de allí, que lleva varios días desaparecido.

–No es posible... –murmura Elisa– ¿Una simple coincidencia nos juntó a usted y a mí en el mismo lugar y el mismo momento?

–Eso parece.

Elisa frunce los labios en un mohín encantador, para dar a entender que no le convence lo más mínimo la explicación.

–¿Y a usted, Elisa? Artiga de Monegros está claro que debía ser uno de los escenarios de su investigación, pero ¿qué la llevó hasta esa asociación feminista?

Elisa da un nuevo sorbo a su café, que ya debe de estar más frío que los pies de un esquimal descalzo. Me mira ladeando la cabeza, supongo que intentando decidir si ponerme al corriente de sus deducciones. Por fin lo hace.

–También la pista fue el tatuaje pero, en mi caso, funcionó al revés. La muerte del abogado Completo desbarató mis teorías sobre el caso. Tenía que iniciar una nueva investigación y, desde el primer momento, desde que le eché el primer vistazo al cadáver, tuve la convicción de que esa marca en el trasero era uno de los hilos de los que merecía la pena tirar. Así que me centré en eso. Mientras seguía vigilando a Lorena, no paraba de darle vueltas a la figura representada en el tatuaje. Lo primero que me llamó la atención fue el color. El violeta está asociado desde siempre a los movimientos feministas y de liberación de la mujer. Por supuesto, podía estar equivocada y meterme en un callejón sin salida, pero a falta de otra pista, me pareció suficiente. Feminismo. Ese iba a ser mi punto de partida. Luego, traté de encontrar en Internet ese símbolo navegando por páginas de contenido feminista. Perdí mucho tiempo y no logré resultado alguno. Seguí dándole vueltas y más vueltas. Por fin, la noche del miércoles, a las tres menos cuarto de la mañana, caí en la cuenta.

–¿De qué?

Elisa saca de su bolso un bolígrafo y sobre la parte trasera de una de mis facturas de la luz, dibuja el contorno del tatuaje: un rectángulo vertical con los lados menores quebrados.

–Lo vi de repente –dice. Y me alarga el dibujo y el boli–. Tome, detective. Divida el dibujo por la mitad con una raya horizontal.

Picado de curiosidad, trazo una línea de izquierda a derecha que corta el símbolo en dos partes simétricas.

—Y ahora, ¿qué? —pregunto.

—¿Qué ha quedado en la zona superior? Por encima de la línea.

La verdad es que siempre se me han dado muy mal los jeroglíficos y los test de figuras geométricas. Lo mío son los crucigramas, como bien sabe Horacio, mi vecino.

Miro y remiro sin ver nada de nada. Por fin, uso el viejo truco: aparto la mirada y la vuelvo a posar de golpe sobre el papel. Entonces lo veo.

—¡Ya lo tengo! El contorno del dibujo es... básicamente, es una letra eme. Una eme mayúscula.

—Exacto —me confirma Elisa—. ¿Y la parte inferior?

—Déjeme ver... Claro, ahora ya es fácil. La parte inferior podría ser, de modo aproximado, una... una uve doble.

—¡Justo! Eso es lo que vi de pronto. Una eme sobre una uve doble, unidas, formando un solo dibujo: un polígono de color violeta. Programé en un santiamén una búsqueda en Google. Feminismo, más eme y uve doble como letras iniciales. Y, enseguida, apareció en un buen número de entradas el nombre de Mary Wollstonecraft, considerada una de las pioneras del movimiento feminista y autora de un famoso libro.

—¡Naturalmente! Mary Wollstonecraft es la autora de *Frankenstein*, ¿no es así?

—No, detective —dice Elisa, chascando la lengua—. Parece mentira que fuera usted profesor de la Facultad de Letras. *Frankenstein* lo escribió una de sus hijas: Mary

Wollstonecraft Shelley. La madre es la autora de *Vindicación de los derechos de la mujer,* que muchos consideran el origen de la literatura feminista. A partir de ahí, encontré medio centenar de grupos y asociaciones de carácter feminista con el nombre de Mary Wollstonecraft. De ellas, solo cuatro en España. Una, en Aragón.

–En Artiga de Monegros, claro.

–En Artiga, claro. Era imposible que se tratase de una coincidencia. Y, por supuesto, como confirmación definitiva, el logotipo de la asociación era, justamente, el dibujo tatuado en el trasero de nuestro cadáver. Vamos, que la cosa no podía estar más clara.

Inclino la cabeza, en señal de rendida admiración.

–Brillante, Elisa. Un proceso deductivo rotundamente brillante.

–Gracias, detective. Por desgracia, haber llegado hasta la asociación de mujeres aún no significaba nada. Continuaba siendo solo un hilo del que tirar. Todas las preguntas seguían y, de hecho, siguen en pie: ¿Qué relación tenía Martín Completo con esa asociación feminista? ¿La asociación tiene algo que ver con su muerte? ¿Y con el dinero desaparecido? Tratando de hallar respuestas me informé del tipo de actividades que la asociación desarrollaba y allí me presenté a la mañana siguiente haciéndome pasar por lo que no era: una mujer maltratada y sin recursos. Y cuando aún estaba lloriqueando como un cocodrilo, interpretando mi papel ante aquella sota vestida de negro que me atendió al llegar, oímos que alguien llamaba a la puerta. Y ese alguien resulta ser... mi viejo conocido Fermín Escartín.

–Ya lo decía Pedro Navaja: la vida te da sorpresas.

* * *

La conversación telefónica que Encarna acababa de mantener no presagiaba nada bueno para Fermín Escartín, y Elisa se percató de ello inmediatamente.

–¿Continuamos, cariño? –le preguntó Encarna de negro–. Dices que tu marido se emborrachaba cada noche y te pegaba...

Elisa la miró de hito en hito. Tenía que mantener la concentración. Seguir con su juego ante la mujer de negro y, al tiempo, pensar furiosamente qué era lo mejor que podía hacer para ayudar a Escartín.

–Sí... –dijo–. Así es. Me pegaba todas las noches, sin dejar una.

Quince minutos después, sonó el teléfono. Encarna se apresuró a contestar. Elisa detectó de inmediato la preocupación en su rostro.

–Tranquilízate, Circe... Que sí, que sí, pero que no te preocupes. Claro que sé quién es. También ha pasado por aquí hace un rato. Ya he dado aviso a los chicos... No tienes que preocuparte. Ya está. Ya ha pasado el peligro... Tranquila. Ellos se van a encargar de él, te lo aseguro. De inmediato... Por supuesto... Ya te digo que...

Elisa se incorporó. Encarna tapó el auricular con la mano y le dirigió un gesto interrogante.

–Nada, no pasa nada... –fue la respuesta, en voz baja, acompañando la frase con un gesto tranquilizador–. Es que necesito tomar el aire un poco, eso es todo. Voy a la calle un momento. Enseguida vuelvo.

Sin darle a Encarna opción a replicar, Elisa se dirigió a la puerta de salida. Y se fue. Nada más salir a la calle, le surgió la duda de si aquella maniobra no habría sido demasiado torpe, pero concluyó que la urgencia mandaba sobre el riesgo.

Apenas se vio fuera de la sede social de la asociación «Mary Wollstonecraft», Elisa buscó con la mirada a Escartín, pero se percató enseguida de que había transcurrido demasiado tiempo y ya no le era posible localizarlo. Entonces, echó a correr a toda prisa, en busca de la moto de alquiler que había dejado aparcada a dos manzanas de allí. Al llegar junto a ella, se caló el casco, saltó a la grupa del vehículo y meditó qué hacer. Podía dar una vuelta por el pueblo tratando de localizar al detective. Pero si este se había puesto, sin demora, camino de Zaragoza, ya no lograría alcanzarlo. Y lo más probable era que si «los chicos» de Encarna iban a «encargarse» de Fermín, no lo hicieran en medio del pueblo sino en algún punto de la poco transitada carretera hacia la capital.

Siguiendo los indicadores, Elisa abandonó el pueblo en dirección a Monegrillo, pero apenas quinientos metros más adelante, se topó con el guardia Emiliano Zapata, que le informó de que la carretera estaba cortada y que había dos opciones para ir a Zaragoza.

Solo entonces recordó que, efectivamente, esa mañana, en su camino a Artiga, había encontrado cortada la carretera, debido a unos deslizamientos de tierra. Ella, con su potente moto de *cross*, había podido superar el obstáculo y llegar al pueblo pero era imposible que ahora Escartín hubiese abandonado la localidad por ese camino. Salvo, claro está, que el detective condujera también una moto de *cross*

169

o trial, cosa que le parecía poco probable. Sin duda, Escartín había tenido que seguir una ruta alternativa. Y ahora, aquel picoleto le indicaba que había dos posibles caminos. ¡Maldición! Justo lo último que necesitaba. ¿Cuál habría elegido Escartín?

Elisa Lobo se quedó pensativa, ante la extrañeza del guardia civil. La mujer clavó la mirada en el muchacho hasta hacer que se sintiera incómodo.

—¿Puedo ayudarla en algo más señora? —preguntó Emiliano.

Tenía que arriesgar. No sabía si fiarse de él. Por fin, decidió que no le quedaba otro remedio.

—Agente... ¿le ha dado estas mismas explicaciones a un hombre de unos cuarenta y tantos años en la última media hora?

—¿Podría darme la descripción física del sujeto?

—Metro setenta y cinco, flaco, el pelo aún moreno, con grandes entradas.

Zapata sonrió.

—¿Se refiere al detective Escartín?

—¡Sí, el mismo! ¿Lo ha visto? ¡Necesito alcanzarle a toda costa!

El guardia dudó, pero los ojos de la mujer le parecieron sinceros.

—Parecía dispuesto a tomar la carretera de la sierra.

—¡Gracias! —exclamó Elisa, maniobrando con su moto para volver hacia el pueblo—. ¿Recuerda qué coche lleva?

—¿Escartín? No va en coche sino en una Vespa de las pequeñas. Si maneja usted bien esa Kawasaki podrá alcanzarlo sin duda antes de llegar a Lanaja.

Elisa Lobo circulaba por la carretera de Artiga a Lanaja tan deprisa como podía. Había llegado hasta la cresta de la sierra sin cruzarse con ningún otro vehículo cuando, a la salida de una curva se encontró con algo inesperado. Un tipo grandón estaba levantando del suelo una moto de *cross* de color naranja. Una KTM. Cortó gas y, cuando se detuvo a su lado, el hombre había desplegado ya el pedal de arranque.

–¿Ha tenido algún percance? –preguntó Elisa–. He visto que su moto estaba en el suelo.

–No. Solo había parado a mear –respondió el otro.

–¿Y cuándo para a mear deja la moto tirada en medio de la calzada?

El hombre carraspeó. La cúpula oscura de su casco le ocultaba por completo las facciones.

–Por aquí no pasa nunca nadie. Y tengo roto el caballete.

Elisa lanzó una mirada rápida. El caballete parecía en buen estado.

–Oiga... ¿se ha cruzado con una Vespa?

El hombre tardó unos segundos en contestar.

–Sí. Hace un rato. Una Vespa plateada. Sí. Le lleva unos diez minutos de ventaja, al menos.

Elisa hizo una pausa, pero el hombre enseguida rompió el silencio al arrancar su motocicleta. Engranó primera velocidad y salió echando virutas.

Elisa llegó a Lanaja sin haber alcanzado a Fermín. En realidad, sin haber encontrado a nadie más en todo el trayecto. A poco de entrar al pueblo, en la primera confluencia con la avenida principal, vio a un policía municipal. El agente, que llevaba un buen rato en ese punto, negó rotundamente haber visto a un hombre a lomos de una Vespa plateada. Y era difícil que, si venía de la carretera comarcal de Artiga, no hubiera pasado por allí. Elisa estuvo de acuerdo con el municipal, así que decidió retroceder, tomando de nuevo la comarcal pero en sentido contrario. Cuando había recorrido cuatro o cinco kilómetros, clavó los frenos y se maldijo a sí misma.

—¿Cómo he podido ser tan imbécil?

El tipo de la KTM. Ni siquiera se había levantado la cúpula del casco. Su moto estaba tirada en el suelo. Había sido el único conductor con el que se había cruzado en todo el camino.

Tenía que ser él.

Elisa cerró los ojos, tratando de recordar con exactitud el punto de encuentro. Luego, con rabia, dio gas a tope a la Kawasaki.

Las cosas son muy diferentes cuando vas y cuando vuelves. Elisa se pasó de largo el lugar en el que había conversado con el motorista misterioso. Cuando se percató de ello, dio media vuelta y condujo despacio hasta llegar al punto en el que, con toda seguridad, se había producido el encuentro.

Echó pie a tierra e inspeccionó detenidamente los alrededores. No tardó en distinguir huellas extrañas en el borde exterior de la calzada, allí donde se acumulaban casi tres dedos de gravilla. Elisa asoció aquellas marcas a un forcejeo entre los dos hombres e imaginó de inmediato el resultado. Se asomó con precaución al abismo y lo que vio le encogió el estómago. La caída tenía la altura de una casa de siete pisos pero, por la disposición del terreno, no alcanzaba a ver el fondo del barranco.

Haciendo bocina con las manos, gritó con todas sus fuerzas el nombre del detective y su voz resonó por entre las breñas con cambiante sonoridad, pero sin obtener respuesta.

Su siguiente pensamiento fue el de descender por la pared del precipicio pero, de inmediato, desestimó la idea, considerándose incapaz de semejante hazaña. Pero sí decidió intentar bajar un par de metros, hasta una roca saliente desde la que quizá podría asegurarse de que Escartín había seguido la suerte que ella imaginaba.

El calor era sofocante y cuando Elisa consiguió su propósito, descubrió que seguía sin poder distinguir el fondo del barranco. Presa de una enorme frustración estaba a punto de subir de nuevo hasta la carretera cuando un destello luminoso le llegó a los ojos.

Repitió el movimiento. Volvió el destello, que casi le cegó. Se percató de que no era el brillo de una lata o un cristal. Era el propio sol reflejado en un espejo. Localizó el punto del que partía el rayo de luz, subió hasta la moto, sacó de una bolsa un par de prismáticos del ejército, de pequeño tamaño pero gran aumento y examinó el terreno con ellos. Lo vio enseguida. El reflejo procedía de un espejo redondo, con un trozo roto. Un espejo redondo como el que se utiliza en los clásicos retrovisores de las Vespa.

–¡Escartín! –gritó de nuevo–. ¡Escartín! ¿Puede oírme?

Solo el silencio le respondió.

«¿Qué hacer? –se preguntó Elisa, una vez más–. ¿Volver a Artiga y reclamar ayuda a la Guardia Civil?» En principio, parecía lo más razonable pero... sentía una justificada aversión a entrar en contacto con las fuerzas y cuerpos de seguridad del Estado. Con las autoridades, en general. Una nunca sabía en qué momento alguien podía descubrir su oficio o relacionarla con alguno de sus «trabajos». Eso podía significar el fin de todo: de su carrera, de su vida, de sus hijos... Por otro lado... ¿Cuánto tiempo tardaría en ponerse en marcha un operativo de rescate que, sin duda alguna, debería partir desde Zaragoza?

Se convenció a sí misma de que lo mejor y lo más rápido sería tratar de acceder por sí misma al lugar en el que, seguro, se hallaba el detective, comprobar en qué estado se encontraba y actuar después en consecuencia. No podía ser muy difícil encontrar el modo de llegar hasta el fondo de ese barranco a lomos de una moto de monte, aunque tuviese que dar un largo rodeo.

No le resultó tan sencillo como suponía.

El terreno era dificultosísimo. Quizá un buen piloto de *motocross* o de trial se habría atrevido a lanzarse por alguna de aquellas pedrizas, pero para Elisa se trataba de un reto imposible, de modo que no vio otra manera de lograr su propósito que avanzar por la carretera hasta descender de la sierra y tratar de llegar al barranco desde el llano. Pero eran tantos los barrancos y tan parecidos, que una y otra vez confundió el camino, hasta llegar a sentirse desorientada.

Hacía tres horas y media que había partido de Artiga en pos de Escartín, cuando logró su empeño.

Entró en un barranco que ya era el cuarto que recorría. La Kawasaki la había descabalgado dos veces pero, por fortuna, no se había lesionado en las caídas. Con ayuda de sus prismáticos intuyó en lo alto el recorrido de la carretera comarcal y, ahora sí, sintió la alegría de distinguir el color azul del jersey que había dejado sujeto con varias piedras para que le sirviese de señal y referencia.

Avanzó con dificultad entre las piedras y, de pronto, la vio.

Saltó de la moto y recorrió a pie los últimos metros hasta llegar a los restos de la Vespa, completamente destrozada por la espeluznante caída.

Elisa recorrió nerviosamente los alrededores con la mirada. Llamó a gritos a Escartín, una vez más.

Sin resultado.

Entonces, vio el casco de motorista. Se acercó hasta él y descubrió restos de sangre sobre el terreno cercano y algunos jirones de ropa prendidos en arbustos que nacían de la pared de roca arenisca.

Elisa experimentó una sensación contradictoria. Por un lado, la frustración de no encontrar al hombre al que con tanto esfuerzo buscaba desde hacía horas. Por otro, el alivio de saber que, puesto que no estaba allí, Escartín probablemente seguía con vida tras la escalofriante caída.

No podía estar muy lejos y, salvo que hubiese perdido el juicio o estuviese completamente desorientado, lo lógico era que hubiese echado a andar hacia la salida del barranco, en busca de terreno abierto.

Regresó, pues, hasta la Kawasaki y avanzó luego despacio, dispuesta a no volver a dejar atrás al detective si es que se encontraba oculto tras algún accidente del terreno.

Diez minutos más tarde, empezó a desesperarse. No encontraba rastro alguno y el paisaje ya se abría, de modo que las posibilidades de búsqueda se multiplicaban de nuevo.

Entonces fue cuando vio a los buitres. Quizá debería haberse percatado antes. Era un grupo no muy numeroso, siete u ocho ejemplares de gran tamaño, girando y girando sobre un punto situado a su derecha, a quinientos o mil metros de distancia, quizá.

Elisa volvió a bajar de la moto, tomó los prismáticos, enfocó a la columna de buitres y, luego, descendió en vertical hasta llegar al suelo.

—¡Por fin! —exclamó la mujer—. ¡Ahí estás!

Sin embargo, la situación de Escartín no podía ser más desesperada. Uno de los buitres, un ejemplar realmente enorme, se le echaba encima. Los movimientos de Fermín eran torpes y lentos; tanto, que apenas lograban estorbar los propósitos del ave.

La primera intención de Elisa fue la de montar en la moto y acudir en ayuda del detective, pero se percató de que quizá no contase con tiempo suficiente. La distancia que les separaba era grande y, lo peor, entre ambos se abría una vaguada cuyas laderas no estaba segura de poder superar.

De modo automático, Elisa optó por un plan alternativo. Sujeto al costado de la moto, al lado contrario del tubo de escape, llevaba el estuche cilíndrico de su fusil preferido, el Accuracy.

Soltó los ganchos elásticos que lo abrazaban. Situó en la posición correcta la combinación del cierre. Abrió la tapa y sacó las seis piezas que componían el arma. En menos de un minuto, la tenía montada, incluida la mira telescópica. Volcó la moto en el suelo de tal forma que le sirviese de apoyo y ella se situó detrás, tumbada cuan larga era sobre la tierra ardiente, con una caja de veinte proyectiles abierta y al alcance de la mano.

El sol caía desde el cielo como plomo fundido. Abrió el cerrojo e introdujo una bala, que, de inmediato, metió en la recámara. Se secó el sudor que le caía por la frente con la manga de la camiseta.

Contempló su objetivo a través del visor telescópico.

—¡Dios mío...! —susurró.

El buitre estaba encima de Escartín. Seguramente ya le clavaba las garras. No podía perder más tiempo. Apuntó al pájaro. Sabía que, sobre todo en el primer disparo, existía la posibilidad de errar el tiro y herir a Escartín. Pero no quiso que esa idea le perturbase.

Inspiró, guardó el aire en los pulmones. Centró la cruz de la mira sobre el cuerpo del buitre. Apretó el gatillo.

Saltaron esquirlas en la roca. Había fallado, pero ahora ya sabía cómo corregirlo. Movió ligeramente las alzas de la mira telescópica. Un poco abajo, un poco a la derecha.

Abrió el cerrojo, que escupió el casquillo, humeante, e introdujo otro proyectil.

El segundo tiro también falló. Elisa había tratado de alcanzar al buitre pero alejándose al máximo de Fermín. Y el bicho fue a moverse en el momento justo y lo suficiente como para evitar la bala. Pero, eso sí, el disparo fue a dar en el lugar exacto que marcaba el visor.

—Se acabó —dijo Elisa—. Ahora, sin contemplaciones.

Bala nueva. No hace calor. No hay miedo. El sudor no importa. Apuntar. Disparar.

La mujer se permitió media sonrisa cuando vio la cabeza del buitre saltar por los aires, lanzando un escupitajo circular y sanguinolento.

Un segundo animal se precipitaba sobre el detective, dispuesto a relevar a su compañero muerto. Pero Elisa tardó cinco segundos en cargar de nuevo el arma, y menos aún en apuntar y disparar. Esta vez, era más fácil. Una diana grande y negra recortándose con toda nitidez sobre la tierra blancuzca de los Monegros.

Ya tenía una quinta bala en la recámara cuando comprobó que los buitres podrán ser unos hediondos carroñeros pero no deben de ser del todo estúpidos. La repentina muerte de sus dos compañeros, convenció al resto de la bandada de que aquella presa no era una buena opción y se alejaron prudentemente.

Cuando Elisa, tras dar un rodeo para salvar la vaguada, llegó media hora más tarde a las inmediaciones del lugar en que Escartín había estado a punto de servir de merienda a los buitres, pensó que estaba viendo visiones.

–¡Pero...! ¿Cómo es posible? –exclamó en voz alta e incrédula–. ¿Dónde se ha metido ahora este hombre?

Allí solo quedaban los restos de la cabeza del primero de los buitres abatidos. Tanto el detective como los cuerpos de los dos grandes pájaros, habían desaparecido.

Esta vez, sin embargo, el misterio duró poco pues había un rastro muy claro que seguir. Pisadas de mulo.

Elisa localizó pronto al cuadrúpedo, que cargaba a modo de alforjas con el cuerpo de un desvanecido Fermín Escartín. Lo guiaba un hombre enjuto, moreno y fibroso, por su edad posiblemente contemporáneo de Viriato y que se volvió al escuchar el sonido de la moto llegando hasta él.

–Buenas tardes.

Dijo Elisa. El hombre del mulo la miró defensivamente, sin responder. La mujer señaló al desvanecido Escartín.

–Es amigo mío. Lo andaba buscando desde hace rato. ¿Cómo está?

El anciano ladeó la cabeza antes de dar su diagnóstico.

–Lo primero, es ponerlo a la sombra y tratar de sacarle la calor del cuerpo.

Cuando llegaron a la cueva que servía de vivienda al ermitaño, la mujer lo ayudó a trasladar el cuerpo de Fermín a un catre.

–Si la caída por aquel barranco no lo mató, yo creo que tiene posibilidades de salvarse –dijo Marciano Cascancio–. Hay gente que enseguida se muere. En cambio, hay otros que se resisten con uñas y dientes. Yo creo que su amigo es de estos últimos. Además, no han sido muchas las horas que ha estado expuesto al sol. Necesita sacar las calorías de la sangre y descansar.

–Es asombroso lo fresco que se está aquí dentro, Marciano.

–Eso dice la gente. Yo preferiría tener aire acondicionado pero vaya, esto, para ser gratis, no está mal, no.

Elisa marchó a Zaragoza recorriendo las desérticas pistas que le indicó el ermitaño y regresó a la cueva al atardecer, con varios suministros. Aunque Marciano dijo no necesitar nada de nada, abrió unos ojillos chispeantes ante las dos tabletas de chocolate puro que le dio la mujer. Pero, además, le entregó otra cosa.

–¿Sabe lo que es esto?

–Ni la menor idea –respondió el hombre.

—Es un teléfono móvil.

—¿Un teléfono? ¿Eso tan pequeño es un teléfono? ¡No me lo puedo creer! ¿Y dónde lleva el cable? ¿Y el disco para marcar?

—En lugar de disco, se usan las teclas con los números. ¿Ve? Y se descuelga apretando el botón verde.

—¡Es asombroso! —exclamó Marciano, sopesando el aparato en la mano—. ¡Y qué ligero es! ¡Parece cosa de magia!

Elisa estaba a punto de continuar con sus explicaciones cuando miró al eremita y frunció el ceño.

—Me está tomando el pelo, ¿verdad, Marciano?

El hombre rió a carcajadas.

—Por aquí sube poca gente, pero hace ya años que todos los que lo hacen, llevan teléfono móvil. Además, les suele sorprender que haya cobertura en la misma entrada de la cueva.

—Ya, ya me había fijado. Por eso se lo he traído. Quédese con ese aparato. Le llamaré para preguntar por la evolución de mi amigo. Pero cuando despierte, no le diga nada de mí, ¿vale? Si necesita usted ponerse en contacto conmigo, basta con que pulse el uno y descuelgue.

—¡Qué emocionante! —dijo Marciano.

* * *

Elisa interrumpe su relato y se levanta para dejar en el fregadero la taza de café, ya vacía. Yo hago lo propio con mi vaso. Ella, apoyada de espaldas en la encimera, me mira con intensidad. Yo, ahora que conozco la verdad, no puedo ocultarle mi agradecimiento. Y es tan sincero que, sin poder evitarlo, comienzo a tutearla, como si fuese una vieja amiga.

–Elisa... no sé qué decir. Te debo la vida. Te la debo de verdad. No es que anduvieses por allí, de paso, y decidieses echarme una mano por no tener nada mejor que hacer. Fuiste tras de mí, sin nada que ganar y mucho que perder, siguiendo mi pista durante horas cuando cualquier otro se habría dado por vencido.

Elisa acepta mi gratitud con un gesto ambiguo.

–No tiene importancia, detective. Siempre estaré en deuda con usted. Con usted y con su amigo, el comisario Souto. De no ser por ustedes, que decidieron mirar para otro lado, yo estaría encerrada en la cárcel desde hace muchos años. Mis hijos se habrían criado con otras personas y, a estas alturas, seguramente ya me habrían olvidado.

–Y todo eso habría sido tremendamente injusto –concluyo.

Elisa al decir eso me mira de un modo indescifrable. Es una mujer extraña. Y excepcional, sin duda.

Alza la mirada al techo y, a continuación, mariposea con ella hasta posarla de nuevo en mis ojos.

–Sigo sin poder creer que tan solo el puro azar nos haya reunido, después de tantos años –murmura, tras una larga pausa, en tono misterioso.

–Mujer... estoy de acuerdo en que hay que desconfiar de las casualidades, pero...

–Dígame, Escartín: ¿cuál es el caso en el que está trabajando ahora? ¿Quién es el desaparecido al que intenta encontrar?

Dudo si facilitarle esa información, que bien podría considerarse secreto profesional. Pero... ¡qué demonios! Algo me dice que puedo fiarme de Elisa Lobo como de mí mismo. Y no se trata solo de que me haya salvado el pellejo. Además de eso, tiene una mirada que me deja sin aliento.

—Se llama Estólido. Estólido Martínez. Es un agricultor de la zona que...

Nada más escuchar el nombre, a Elisa se le ha iluminado el rostro. Enseguida, lanza una carcajada.

—¿De qué te ríes, Elisa? —le pregunto.

—¡Ya decía yo...! —exclama, de inmediato—. ¡No ha sido casualidad, Escartín! Usted y yo hemos entrado por puertas distintas, pero estamos metidos en el mismo lío. Y ahora ya estoy segura de que Estólido Martínez y Amelia Mantecón son la pieza clave de todo este rompecabezas.

—O sea, que... se podría decir que, sin saberlo, trabajamos en el mismo caso.

—Sin duda.

—Me parece realmente asombroso.

Elisa se me acerca y me sujeta por el codo. Suavemente, me atrae hacia sí, para hablarme de cerca, a esa distancia incómoda en la que solo conversan los enamorados.

—Me pregunto, detective, si dadas las circunstancias, no podríamos... colaborar en beneficio mutuo.

Definitivamente, tiene unos ojos increíbles. Grandes como los de un personaje de cómic japonés; almendrados como el turrón de Jijona... Vistos a distancia pueden parecer de un color marrón corriente y moliente pero, así, muy de cerca, como yo nunca los había contemplado antes, puedo apreciar sus iris estrellados de motitas verdes y doradas.

—Lo cierto es que me... encantaría colaborar contigo en este caso, Elisa —digo, con la boca seca.

—También a mí —susurra ella.

Antes de haber podido tomar aire, siento sus labios sobre los míos. Primero, de manera leve, breve, intermitente. Cuando la enlazo por la cintura, el beso se vuelve mucho más intenso.

Un escalofrío me recorre la espalda y, con él, me invade una sensación difícil de describir, cercana al pánico. Puede que tenga algo que ver con el hecho de que hace meses, muchos meses, que no beso a una mujer. Pero no solo es eso. Hay algo más, algo misterioso y desasosegante.

Algo que, quien no haya besado nunca a una asesina profesional, es imposible que logre comprender.

25 de julio, martes

Un sueño

Me despierto con la cabeza pesadísima y envuelto en sudor. Vale, estamos en verano pero... ¿cómo es posible que a esta hora de la mañana ya esté haciendo semejante calor?

Lanzo una mirada vidriosa sobre el despertador situado en la mesilla. Las nueve menos veinte. Esto es espantoso...

Cierro los ojos, de nuevo.

Ahora recuerdo lo que estaba soñando... Es raro, porque yo casi nunca recuerdo lo que sueño. Pero hoy sí. Soñaba con... con Elisa Lobo. ¿Y qué pasaba? Pues que... que nos besábamos. Éramos mucho más jóvenes y nos besábamos mucho, mucho y nos reíamos mucho y corríamos por la playa y nos bañábamos en el mar y las olas, tremendas, nos juntaban y nos separaban y, de pronto, todo era espuma... ¿Será posible...? A estas alturas de mi vida vuelvo a tener sueños de adolescente. Lo que me faltaba. ¿Será un efecto secundario de las comidas de Nemesio? Podría ser pero... justamente hace cuatro días que no voy a comer a La Comadreja Parda, así que, en todo caso podría tratarse del síndrome de abstinencia, tras cuatro días sin inyectarme en vena sus callos a la madrileña...

Un momento. ¡Un momento! Acabo de tener una sensación descabellada. No puede ser, claro, pero... mejor, me aseguro.

Deslizo el brazo izquierdo bajo la sábana y, enseguida, mi mano tropieza con algo redondo... y... suave, que... que bien podría ser... una cadera. Una cadera humana. Humana y del género femenino, para ser exactos.

Abro los ojos, de nuevo.

Giro la cabeza hacia la izquierda, haciéndola rodar sobre la almohada.

–¡Ay, madre...! –gimo, en voz bajísima, al descubrir, al otro lado de la cama, a Elisa Lobo, durmiendo plácidamente.

El corazón se me acelera como un bólido. Ahogando un alarido, me incorporo y me siento en el borde del colchón, las manos sobre las rodillas, los pies en el suelo y, aun así, la habitación se mueve como una barquita de las del estanque del Retiro.

No puede ser. No era un sueño. He pasado la noche con una asesina a sueldo. ¡Qué digo la noche! ¡Y la tarde de ayer! Esto es una pesadilla. ¿Cómo pueden ocurrirme a mí estas cosas?

–Fermín.

–¡Aaaaah...!

–¿Qué te pasa? ¿Por qué gritas?

Me vuelvo hacia ella. Me está mirando, con ojos aún somnolientos, el codo apoyado en la almohada y la cabeza en la palma de la mano.

–¿Eh…? N… no, nada, nada, Elisa. Que me has asustado. Creía que aún dormías.

–Sí. Acabo de despertarme.

Sonríe. Está preciosa. Y… me parece que no lleva camisón.

–No llevas camisón, ¿verdad?

–¡Claro que no! –exclama, riendo–. El único que traía está en la habitación del hotel donde me alojo, cerca de la casa de tu ex mujer.

–Ya…

–Por la cara que pones, yo diría que te arrepientes.

–¿De que no lleves camisón?

–De haberte despertado esta mañana junto a mí.

La miro unos segundos. Vuelvo a la cama y me meto bajo la sábana, junto a ella. Le acaricio la mejilla. Es de verdad. No es un sueño ni un espectro. Es ella.

–No, Elisa. No me arrepiento. Era solo que… al abrir los ojos estaba confuso. Me ha costado recordar lo que ocurrió ayer; pero… no, no me arrepiento lo más mínimo.

–¿De veras?

–Te lo prometo.

Los ojos de Elisa parecen brillar con luz propia en la penumbra.

Nos besamos y es como los primeros besos que se dan en la vida. Besos de verdad, algo torpes pero salidos del alma. Y no puedo evitar ponerme romántico, que es algo que me ha ocurrido cinco veces en toda mi existencia, que yo recuerde.

–De hecho, últimamente pensaba que ya nunca en mi vida volvería a despertarme una mañana junto a alguien como tú.

–¡Serás embustero! –exclama ella, riendo–. Seguro que el famoso detective, aunque se está quedando algo calvo, aún trae locas a todas las chicas.

–¡Qué va! ¡Que no soy famoso, Elisa! ¡Que soy una birria de detective! Y, en cuanto a las chicas... tú viste cómo estaba este piso ayer, antes de que lo adecentases un poco. ¿Crees que se puede traer a un ligue a un sitio así, sin que huya? La última vez que una chica puso el pie en esta casa fue hace cinco años y también se empeñó en limpiarlo todo porque le daba asco.

–¿Quién era?

–Una tal Diana. Nos conocimos mientras investigaba la desaparición del ingeniero que manejaba la tuneladora de las obras del metro. Estuvimos juntos un par de meses.

–¿El ingeniero y tú?

–No, Diana y yo. Incluso hicimos un viaje relámpago a Venecia, que es una cosa que enamora mucho pero... bueno, lo cierto es que se cansó pronto de mí. Mucho antes que yo de ella.

–Seguro que era muy joven.

No puedo evitar sonreír.

–Así es, sagaz detective. Muy joven. Demasiado para mí.

–¿Por eso ahora lo estás intentando con alguien mayor que tú?

Meto la cabeza bajo la sábana e inspecciono su cuerpo con detenimiento. Brazos de saltadora de pértiga. Piernas de bailarina. Cintura de futbolista. Ni un átomo de grasa.

—Imposible –digo, como conclusión de mi examen–. No eres mayor que yo.

–¿Te apuestas algo?

Colaboración

—La tatuadora. Circe. Ella es el eslabón más débil. Si la presionamos, estoy seguro de que nos proporcionará la grieta por la que penetrar en el misterio de Artiga de Monegros.

—Podemos intentarlo –corrobora Elisa–. Pero hemos de tener en cuenta que no está sola. En ese pueblo hay un grupo de personas que funciona como un bloque. No sabemos quiénes son, ni cuántos, ni lo que se traen entre manos, realmente. Solo sabemos que no se andan con tonterías. Si descubren que vamos a por ellos, que intentamos meter las narices en su secreto, en el mejor de los casos no conseguiremos nada. Y en el peor de los casos, acabaremos muertos.

—De eso no tengo dudas, Elisa. Conmigo ya lo intentaron y estoy vivo por un auténtico milagro.

En torno a dos vasos de horchata y a los cruasanes que he bajado a comprar a la cercana Bombonera Oro, Elisa y yo llevamos casi tres cuartos de hora poniendo en común nuestras impresiones y teorías sobre el escenario en el que se cruzan nuestros respectivos encargos profesionales: el pueblo de Artiga y sus habitantes. Algunos de sus habitantes, al menos. Hemos decidido colaborar, poner en común nuestros esfuerzos y nuestras ideas.

—Y, luego, está ese guardia civil... el del nombre peculiar.

–¿Fulgencio Batista?

–No, el otro. Zapata. Tienes la impresión de que estaba fuera del grupo, ¿no es así?

Afirmo con la cabeza mientras engullo los dos cuernos de mi cruasán, empapados en horchata.

–Tengo la sensación de que está molesto porque no le han hecho partícipe del secreto. No lo han aceptado en el club.

–Llegado el caso, podría ser un aliado. Quizá. El problema es que tengo la sensación de que no disponemos de demasiado tiempo.

–¿Por qué lo dices?

Elisa arruga la nariz.

–No lo sé. Es una premonición. Intuición femenina, si quieres. Pero estoy convencida de que hemos de actuar deprisa o todo el asunto y sus protagonistas se nos van a escapar entre los dedos.

Yo nunca he creído en eso de la intuición femenina, pero esta vez estoy dispuesto a hacer una excepción. Primero, porque una intuición de Elisa no es como una intuición de otra mujer. Ella no es como las demás mujeres. Segundo, porque yo también he tenido esa misma sensación: la de que el tiempo corre en nuestra contra.

–¿Qué sugieres? –le pregunto.

* * *

Esa tarde, a primera hora, Elisa hizo su entrada en «Circe's Tatoo & Piercing» y una serie de agradables notas metálicas acompañó su gesto cuando la parte superior de la puerta empujó uno de esos colgantes que los chinos denominan «compañeros del viento».

Enseguida, apareció la dueña del establecimiento, toda ella cuero negro y brazaletes con pinchos y tachuelas.

–¿Qué desea? –preguntó.

–¿Eres Circe? –la chica asintió con un gesto de la cabeza–. Un tatuaje. Quería hacerme un tatuaje.

–Bien. ¿Trae ya una idea concreta o prefiere elegir uno del muestrario?

–No, no necesito elegir. Ya traigo el diseño. Solo que... ¿tienes tinta de color violeta?

Esa pregunta pareció poner en guardia a la tatuadora.

–Sí. Sí, desde luego, tengo tinta violeta.

–Entonces, querría uno como este de aquí. Exactamente como este.

Elisa llevaba bajo el brazo una carpetilla de cartón, de la que sacó dos fotografías en tamaño A-4 cuya visión abrió de par en par el único ojo visible de la chica cuyo rostro, además, palideció bajo el maquillaje.

–¿Qué significa esto? –balbuceó.

La primera imagen era la del cuerpo de Martín Completo, tendido boca abajo sobre la mesa de autopsias del Instituto Anatómico Forense de Zaragoza. La otra foto era una ampliación de buena calidad de la zona lumbar y los glúteos del fallecido, donde se apreciaba con toda claridad el tatuaje representando el símbolo de la asociación «Mary Wollstonecraft».

Las fotografías formaban parte del juego oficial de las tomadas por el forense y que Fermín Escartín había conseguido a través del comisario Souto.

Elisa decidió atacar a fondo de inmediato, aprovechando el desconcierto de la chica.

—Tenemos tres certezas en este momento: que el hombre de las fotografías está completamente muerto; que no murió por causas naturales ni por voluntad propia; y que tú le hiciste ese tatuaje.

Circe se volvió hacia Elisa.

—¿Quién es usted?

—Soy detective privada. Y necesito respuestas rápidas y satisfactorias. Por favor.

—No tengo nada que ver con la muerte de ese hombre. Eso es lo único que le puedo decir.

Elisa suspiró con aparente resignación.

—Vaya por Dios... Yo pensaba que existía la posibilidad de que colaborases por las buenas. Pero si no puede ser así, vamos a ver lo que puedes contarme por las malas.

Y sin perder un segundo, Elisa echó mano a la funda sobaquera que hasta ahora había disimulado y sacó con gesto firme su impresionante pistola Browning del 9 largo. Dirigió el cañón del arma directamente entre los ojos de la chica.

—Mira, joven, tengo tan poca paciencia que se me ha terminado antes de entrar por esa puerta. Canta de una vez... o prepárate a guardar silencio para siempre.

Circe comenzó a sudar. No sabía realmente qué quería aquella mujer que le contase. Y cuando la detective accionó el cerrojo del arma y la acercó hasta apenas un palmo de su rostro, sintió que se iba a desmayar.

—Yo... yo no he matado a nadie, se lo juro.

—El tatuaje. ¿Qué significa?

—¡No lo sé! Bueno... es el emblema de la asociación de mujeres del pueblo.

–¡No me digas! Anda, empieza a contarme cosas que no sepa.

–La... la gente de la asociación me pidió que los hiciera. Pero no sé por qué.

Los ojos de Elisa se cerraron levemente.

–Eso suena a plural. ¿Cuántos tatuajes como este has hecho?

Circe cerró los ojos para ayudarse a hacer memoria.

–Cuatro. Sí, cuatro, en los últimos dos años.

–Sin permiso de los tatuados, supongo.

–¡No! ¡Sí...! Quiero decir que... claro que me dieron permiso. Quizá no de buen grado, pero todos ellos firmaron las autorizaciones. Las tengo aquí. ¿Quiere verlas?

Elisa permaneció unos segundos inmóvil, apuntando la pistola al único ojo visible de Circe. Por fin, alzó el cañón del arma hacia el techo.

–O sea, que los tipos a los que tatuaste, venían por voluntad propia, acompañados de gente de la asociación.

Circe dudó.

–Bueno... yo no diría que venían por voluntad propia. Más bien lo hacían a regañadientes. Pero todos ellos firmaban la autorización sin discutir. Y, en efecto, siempre les acompañaba gente de la asociación de mujeres.

–¿Quiénes?

–Encarna.

–Sí, ya sé quién es esa Encarna. ¿Y quién más?

–No, nadie...

Elisa le apoyó el extremo del cañón de la Browning en el centro de los labios. No lo retiró ni siquiera cuando la chica habló, por fin.

—Con Encarna venía otra persona, pero... no pertenece a la asociación.

—Sigue –la animó Elisa–. ¿Quién era?

Circe bajó la mirada. Aún dudó un momento.

—El... el sargento Batista.

* * *

El sargento Batista llega al estudio de Circe diez minutos después de ser requerido por la tatuadora mediante una llamada telefónica la mar de convincente, donde ha mezclado con salero una buena dosis de urgencia con una total ausencia de explicaciones.

Aunque el suboficial aparece en «Circe's» con todas las precauciones y el arma desenfundada, no tiene nada que hacer ante la experiencia de Elisa, que lo espera escondida en una de las cabinas de tatuaje. Claro está, que descubrirme a mí sentado con aire satisfecho junto a la dueña del local, supone para el guardia una sorpresa de alto voltaje que lo deja perplejo durante un buen puñado de segundos. Eso facilita las cosas.

—¡Usted! –exclama al verme.

—Hola, sargento –respondo, mientras él me apunta con su arma reglamentaria–. Se tendría que mirar a un espejo en este momento. Parece que hubiese visto a un fantasma.

Los ojos de Batista se hacen más pequeños.

—Solo por si tiene la tentación de rematar ahora de un tiro la tarea que no supo cumplir su amigo, el de la moto, le advierto que mi socia le tiene en el punto de mira de su

Browning del 9 largo. Ya sabe, una de esas pistolas que hacen agujeros muy grandes y muy desagradables.

El sonido que produce Elisa al amartillar su pistola, le convence de que ha caído en nuestra trampa. Tras pensárselo unos instantes, alza las manos.

–Espero que no sean ustedes tan estúpidos como para herir a un agente de la autoridad.

–Espero que no sea usted tan estúpido como para obligarme a hacerlo –le dice Elisa, que no se corta ni un pelo–. Porque le aseguro que no soy de las que dudan en apretar el gatillo.

–¡Caramba! –exclama Fulgencio Batista–. ¡Vaya ayudante que se ha echado, Escartín!

–Es una colega, no mi ayudante.

–Lo que sea. Parece una mujer de armas tomar.

–Lo soy –interviene Elisa, irónica–. No intente comprobarlo. No le conviene, sargento.

Una pausa tensa como una cuerda de piano da pie a la siguiente pregunta del guardia civil.

–¿Y bien? ¿Para qué me han traído aquí, si puede saberse?

El ambiente es tan espeso que las pausas duran más que las frases. Eso no parece afectar ni a Elisa ni a Batista. Yo, por el contrario, no puedo disimular mi nerviosismo, pese a intentarlo. Circe, por su parte, parece aterrada y no lo disimula lo más mínimo.

–Necesitábamos hablar con usted de un par de asuntos –le digo–. Quizá podríamos empezar por el intento de asesinato que sufrí el pasado jueves.

–¿Qué me dice, Escartín? –exclama, burlón, Fulgencio Batista–. ¿Intentaron matarle? ¿En serio? Será por esa manía suya de meter las narices donde no le llaman. Pero, vaya, si viene al cuartelillo y pone una denuncia, mi ayudante y yo haremos lo posible para aclarar los hechos y detener al culpable.

–No les será difícil. Solo tienen que buscar al piloto de una KTM 690 Enduro. Seguro que no hay muchas motos como esa en el pueblo.

–Una KTM... ¡Ah...! Ya sé de quién me habla, Escartín. Pero sin duda, se confunde. Tengo varios testigos que afirman que el dueño de esa moto estaba el jueves tomando el aperitivo en el bar Rey de copas.

–No le he dicho que el incidente fuera a la hora del aperitivo, sargento.

–¿Ah, no? Es igual. Tengo testigos, sea a la hora que sea. Incluso yo también estaba allí, con él. Ya sabe que el Rey de copas está cerca del cuartelillo. ¿Usted tiene testigos de lo que afirma?

Estoy a punto de decir que sí, pero lo más parecido que tengo a un testigo es Elisa. Aparte de que sería un disparate pedirle que testificara delante de un juez o de la policía, dudo mucho que el testimonio de una asesina a sueldo pueda echar por tierra el de un sargento de la Benemérita.

–No, no tengo testigos –admito.

–Lástima.

–Pero no voy a olvidar que ha intentado matarme, sargento. ¿Sabe? Cuando uno se propone acabar con alguien, hay que llegar hasta el final. Si la víctima queda con vida... mal asunto. Puede iniciarse con ello un tiempo de venganza.

195

–Eso es cierto, supongo. Gracias por el consejo. ¿Y la otra cosa? Ha dicho que quería tratar conmigo un par de asuntos. ¿Cuál es el otro? ¿Tiene que ver con su investigación sobre el paradero de Estólido Martínez?

–Ahora no se trata de él, sargento. Nos interesa más saber qué relación tenía Martín Completo con la asociación de mujeres.

Batista frunce furiosamente el ceño.

–¿Completo? ¿Martín Completo, el abogado? Que yo sepa, ninguna. Y se lo digo completamente en serio.

–Alguna tendría, cuando llevaba el símbolo de la «Mary Wollstonecraft» tatuado en el trasero –dice Elisa, poniendo al alcance del sargento las fotos del cadáver de Completo.

–¿Qué? –la sorpresa de Fulgencio Batista parece sincera–. No, no, no... están ustedes equivocados. Eso no puede ser así. Es imposible.

–¿Cómo lo sabe?

–¡Porque lo sé, demonios!

Ni Elisa ni yo insistimos. Sabemos que el guardia civil nos va a contar lo que nos interesa saber. Tarda un buen rato pero, al fin, parece convencerse de que es la mejor opción.

–La asociación se formó hace doce años, a raíz de la muerte casi simultánea de dos mujeres en esta comarca, a manos de sus maridos. Desde entonces, cualquier mujer que se sienta amenazada por la violencia de un hombre tiene sus puertas abiertas y cuenta con toda la ayuda que le podamos ofrecer. Normalmente, nos limitamos a proporcionarles cobijo y protección; pero, cuando ello es posible, procuramos tomar un papel activo en su defensa.

Elisa y yo nos miramos de reojo durante la breve pausa que Batista hace en su relato.

–Cuando una mujer se acerca hasta aquí procedente de Zaragoza o de cualquier otro lugar alejado, puede resultar suficiente alojarlas durante un tiempo en la sede de la asociación. Pero todo se complica cuando se trata de mujeres del propio pueblo o de alguno de la comarca. En ese caso, cuando el maltratador tiene a la víctima tan cerca... hay que optar por otros métodos.

–¿No le basta con los que prevé la ley, sargento?

Fulgencio Batista emite un gruñido irreproducible.

–¿No lee usted los periódicos, detective? Es cierto que las leyes han cambiado, que la policía y los jueces van cambiando, que la sociedad quizá vaya cambiando. Pero eso no evita que, como promedio, una mujer muera cada semana por la violencia machista. Así que, cuando un caso nos toca muy cerca, cuando sabemos que las posibilidades de mantener alejado al agresor de su víctima son escasas y el peligro de una nueva agresión resulta especialmente alto... optamos por actuar directamente.

–¿De qué manera?

Batista se remueve, incómodo. Creo que nos está contando algo que juró no revelar a nadie.

–Algunos miembros y simpatizantes de la asociación nos reunimos personalmente con el maltratador. Y procuramos dejarle claro que no le conviene en absoluto que a su mujer, a su novia o a su ex pareja le ocurra nada malo.

–O sea, que le amenazan.

El sargento asiente, lentamente.

—Y lo hacemos de tal manera que no le quepa duda alguna de que cumpliremos con esas amenazas.

—Hay hombres que se suicidan tras matar a su pareja. No creo que sus amenazas puedan resultar efectivas ante alguien que está dispuesto a quitarse la vida.

Batista mueve la cabeza como uno de aquellos perritos que se colocaban antaño en las bandejas traseras de los automóviles.

—Cada caso se estudia a fondo, Escartín. Todos tenemos algo a lo que tememos más que a la propia muerte. O que valoramos más que la propia vida.

Ahora me toca a mí asentir.

—De acuerdo: les amenazan. Lo cual es ilegal. Mucho más viniendo de alguien como usted. Se llama abuso de autoridad, creo.

—Sí, yo también creo que se llama así —acepta el guardia civil, calmosamente.

—Alguno de los amenazados podría denunciarles.

—Cierto. Es un riesgo. Por eso, las amenazas deben de ser lo bastante contundentes como para convencerles de que no es buena idea ir a chivarse al juez o a los maderos de la capital. Los trapos sucios de Artiga, los lavamos en Artiga. Hasta ahora, ha funcionado. Cuatro actuaciones en dos años. Cero agresiones. Cero denuncias. En el peor de los casos, sería su palabra contra la nuestra.

Yo, cada vez tengo más claro que eso que Batista denomina «amenazas» no se limita a una advertencia verbal. De inmediato, pienso que no me gustaría estar en la piel de uno de esos hombres.

–¿Y el tatuaje?

Batista no puede evitar un amago de sonrisa.

–El tatuaje es la puntilla final del proceso –dice entonces Elisa, adelantándose a la respuesta del sargento–. Es como una marca a fuego que les recuerda que se hallan bajo amenaza permanente, ¿no es así?

–En efecto –corrobora el guardia civil–. Ese tatuaje les identificará para siempre, en todo momento, como pertenecientes a una calaña despreciable.

–Es lo que hacían los nazis con quienes no les gustaban: judíos, gitanos, homosexuales...

–Ya ve: hasta de Hitler se puede aprender algo útil –replica un Fulgencio Batista cada vez más cáustico.

–Eso significa negarles la posibilidad de rectificar sus errores y de volver a ser personas normales y decentes.

–¡Por supuesto! –exclama Batista, con firmeza–. Esa gentuza no tiene la posibilidad de volver a ser una persona decente, por la sencilla razón de que nunca lo ha sido.

De nuevo, Elisa y yo intercambiamos una mirada que yo dirijo a continuación hacia el suboficial, que me replica de inmediato.

–¿Qué mira, Escartín? No le gusta lo que hago, ¿verdad? Seguro que me desprecia. ¿Cree que soy un guardia civil indigno y maquiavélico?

–Por ejemplo, sí.

–¡Claro! ¿Cómo puedo tener razones para hacer lo que hago? ¡Imposible! Nada puede justificar mi actitud. Dígame, Escartín: ¿cómo fue su infancia?

–Normal.

–¿Qué tal se llevaban sus padres?

–Bueno... discutían a veces, como todos los matrimonios. Por lo demás...

–Eso quiere decir que... no veía a su padre, borracho, golpear a su madre cada noche delante de usted.

–No, eso no...

–¿Ah, no? ¿No llegó un día en que su madre quedó en coma tras una de esas palizas? ¿Ni murió a los dos meses sin recobrar el conocimiento y sin que su padre hubiese acudido a verla ni un solo día al hospital? –me increpa alzando la voz.

–No.

El sargento parece serenarse de golpe. Caído de brazos, cierra los ojos y exhala lentamente todo el aire de sus pulmones. Al volver a hablar, lo hace con la voz rota, una voz que parece salirle de las entrañas.

–Cuando crecí, decidí que iba a ser policía para encerrar en la cárcel a todos los hombres como mi padre... antes de que pudieran enviar al hospital a todas las mujeres como mi madre. Y, sí, es cierto: cuando vi que la ley y los jueces no me ayudaban lo suficiente a conseguir ese propósito, decidí utilizar mis propios medios. Aunque solo fuera aquí, en mi pueblo.

Fulgencio Batista se deja caer a peso muerto sobre una de las sillas. Yo no sé qué decir. Me sigue pareciendo un dislate que alguien se tome la justicia por su mano y, mucho más, un agente de la autoridad. Pero, eso sí, ahora puedo comprender las razones de Batista. Ya entiendo el porqué. No me gusta, pero lo entiendo.

Un silencio atroz se ha adueñado del estudio de Circe. No sé cómo acabar con él. Por suerte, Elisa sale al rescate.

—¿Eso significa que Martín Completo maltrataba a su mujer?

Batista se vuelve lentamente hacia ella, con expresión sorprendida.

—¿Completo? No. No, no. Él no, ya se lo he dicho.

Yo miro a Elisa, pero ella se limita a fruncir el ceño.

—¿Quiere decir que no se trata de uno de los hombres a los que tenían amenazados desde la asociación?

El sargento frunce el ceño levemente.

—Desde luego que no. Yo no he tenido trato alguno con Martín Completo, más allá de algún encuentro breve, derivado de los negocios que mantenía con varios vecinos del pueblo.

—Sin embargo, llevaba tatuado en la nalga el símbolo de su asociación.

El suboficial de la Benemérita pone los brazos en jarras y adopta una expresión de perplejidad.

—Eso es imposible —afirma tajantemente.

—Tenemos pruebas —digo, acercándole las fotos del cadáver.

Batista las mira y suspira profundamente.

—Miren... les he contado la verdad —asegura—. Una verdad que, hasta ahora, nadie conocía fuera de este pueblo. No tengo motivos para engañarles ahora con esto.

—¡Pues claro que tiene motivos para tratar de engañarnos! —exclama Elisa—. Martín Completo está muerto. Y ese tatuaje les relaciona a usted y a sus amigos de la asociación con él. Y no de una forma amistosa, precisamente. Quizá se pasaron de la raya a la hora de advertirle que no maltratase a su mujer y... se les murió en las manos. Y, claro está, no es lo mismo amenazar a un labrador machista de los Monegros, que cargarse a un famoso abogado de Zaragoza.

—¡Le repito que Completo no era uno de los que habían sido tatuados por la asociación! Como ya les he explicado antes, esa medida la reservábamos para residentes en el pueblo. Completo vivía en Zaragoza y su mujer jamás se ha puesto en contacto con nosotros. Si ese tipo llevaba uno de esos tatuajes, desde luego que no era cosa nuestra.

Ahora veo que Circe lleva un rato con la mano en alto, como una alumna aplicada pidiendo dar la respuesta al profesor. Cuando la miro, traga saliva antes de hablar.

—Perdone, detective, pero... este de la foto no es quien usted dice que es. No es ese abogado.

—No soy yo quien lo dice. Lo dice su mujer, que ha identificado el cadáver ante la policía.

—Pues se equivoca —asegura la chica, tajante.

Toma las fotos de las manos de Batista y me las entrega, junto con una lupa que ya llevaba en la mano—. Examine con detenimiento el tatuaje. Los cuatro que he realizado por orden de la asociación, parecen iguales, pero son ligeramente diferentes. En cada uno de ellos dejé una pequeña señal. Un hueco vacío en la esquina inferior izquierda. ¿Lo ve?

—Mmm... sí, creo que lo veo. Es como una... i y una uve, ¿no?

—Eso es. En realidad, se trata de un cuatro en números romanos. Porque es el cuarto hombre al que le tatué el símbolo en el trasero y el último, hasta ahora. Pero ese hombre no era el abogado de Zaragoza que usted dice.

–¿Quién era, entonces?

Circe busca la mirada del sargento Batista. El guardia civil aprieta los dientes pero, finalmente, accede.

–Díselo.

–Se trata de... Estólido Martínez.

Siento que casi se me doblan las piernas, al escuchar el nombre del cuñado de Nemesio. De pronto, en un momento, encajan como por arte de magia un montón de piezas del rompecabezas. No todas, pero sí un buen número de ellas.

–¡Maldita sea...! –exclama entonces Elisa–. ¿Es que somos imbéciles, Fermín? ¡Nos han cambiado al muerto y no nos hemos dado cuenta! El cadáver de la autopsia era Estólido, no Martín Completo.

Procuro no poner cara de idiota. Pero no lo consigo.

–Pero, pero... un momento, Elisa, un momento: Lorena lo identificó. Identificó el cadáver como perteneciente a su marido, con toda seguridad.

–Está claro que la señora de Completo les mintió –interviene el sargento Batista–. Es un truco muy viejo. Lo que me extraña es que la policía de Zaragoza se haya dejado engañar por un truco tan burdo.

–¿Truco?

–¡Naturalmente! Completo mata a Estólido. A la vez, la mujer del asesino denuncia su desaparición y, cuando encuentran el cadáver, lo identifica como el de su marido. Con eso, ya tenemos la mitad de un crimen perfecto: un muerto equivocado.

–El cuerpo estaba irreconocible –continúa Elisa que, por cierto, ya no se preocupa de amenazar a Batista con su arma–. Sin manos de las que obtener huellas, sin rostro... pero como lleva la documentación de Completo y su mujer lo identifica por un tatuaje casi íntimo, hasta el juez da por hecho que se trata de él, sin duda alguna. De este modo, su señoría certifica oficialmente la muerte. Así, el verdadero Martín Completo, que está vivito y coleando, huye utilizando la identidad de su víctima. Y, en este caso, además, lo hace con veintitrés millones de euros en una maleta.

En este momento, Elisa olvida ya toda precaución. Se vuelve hacia mí.

–¿Tienes el número de teléfono del comisario Souto?

–Me lo sé de memoria.

–Dicta –me ordena, guardando la Browning en su funda y sacando su móvil del bolsillo.

Tras marcar el número, me pasa el aparato.

–Pregúntale si ya han incinerado el cadáver de Completo. Si no es así, que mande a alguno de sus hombres para inmovilizar el féretro. A ver si aún estamos a tiempo de identificarlo correctamente con una segunda autopsia. Y pídele que consiga del juez una orden de busca y captura contra Estólido Martínez.

–Pero Estólido... ¿no es el muerto?

–Oficialmente, el muerto es todavía Martín Completo. Y lo más probable es que el abogado pretenda abandonar el país haciéndose pasar por Estólido.

Según lo cuenta Elisa, lo voy viendo más claro. Todo ha sido un ingenioso montaje de Lorena y su nuevo marido para hacerse con los veintitrés millones de la empresa para la que él trabajaba.

–¿Diga? –escucho, al otro lado de la línea.

–¡Comisario! Soy Fermín Escartín.

Tras explicarle el contenido de nuestras averiguaciones, es Damián Souto quien nos llama al móvil de Elisa, doce minutos más tarde.

–¿Sí, comisario?

Elisa, Circe y Batista me miran con atención mientras atiendo las explicaciones telefónicas del policía. Dos minutos durante los que mi rostro, supongo, se ensombrece.

–Gracias, comisario. Estaremos en contacto –digo, antes de colgar.

–Hemos llegado tarde, ¿no? –pregunta Elisa–. El cadáver ya ha sido incinerado.

La miro y niego.

–No.

–¿No? ¡Magnífico!

Pero lo dice sin convicción. Ha visto en mi mirada que algo no va bien.

–No te alegres tan pronto. Lorena ha cambiado de opinión. Esta misma mañana, a primera hora, ha tomado un vuelo de la compañía Swissair hacia Berna. En la bodega del avión, se ha llevado el ataúd con los restos de su marido. Bueno, en realidad con los restos de Estólido Martínez, aunque eso es algo que solo nosotros sabemos, porque en todos los papeles oficiales figura como nombre del fallecido el de Martín Completo Kürbis.

–¡No puedo creerlo! –exclama el sargento Batista, estallando en carcajadas–. Esa mujer dice que quiere enterrar a su marido en Suiza, el país del secreto bancario... ¿y a nadie le resulta sospechoso?

–Eso es porque la familia materna de Completo es suiza y vive en Berna –explico–. Lorena dice haber encontrado un diario de su marido donde manifestaba su deseo de ser enterrado en el panteón de los Kürbis.

–¡Qué bueno! –exclama ahora el guardia civil–. Tenían previsto hasta el menor detalle.

–Lo más probable –interviene Elisa– es que Martín Completo ya haya viajado a Suiza días atrás, quizá en la misma fecha de su falsa desaparición, bajo la identidad de Estólido Martínez. Posiblemente, hoy habrá estado en el aeropuerto de Berna esperando la llegada de su esposa... y, sobre todo, de su propio ataúd.

–¿Por qué de su ataúd?

Hasta Circe me mira como si la respuesta a mi pregunta fuera evidente.

–Hombre, Fermín... me apostaría el dedo de disparar a que dentro de la caja, además del muerto, han viajado a Suiza los veintitrés millones de euros de la Joker's Holidays.

Un plan perfecto

Cuando Elisa arranca el Ford Ka que dejó aparcado a las afueras de Artiga, un gesto de profunda contrariedad le ha alterado su semblante habitual por completo.

–Al menos, tú has resuelto tu caso –murmura, a poco de poner rumbo de regreso a Zaragoza–. No te puedes quejar. El mío, en cambio, se ha complicado inesperadamente.

Ambos nos sentimos terriblemente frustrados. Es cierto que hemos resuelto el enigma, pero lo hemos hecho con retraso. Los malos se nos han escapado entre los dedos y, lo peor, carecemos de pruebas sólidas contra ellos, más allá del testimonio de testigos como Circe o Batista, que no están dispuestos a abrir la boca en juzgado alguno.

La posibilidad de que un juez español dicte una orden internacional de busca y captura contra Martín Completo, teniendo en cuenta que oficialmente se le ha declarado fallecido, resulta impensable. Que lo haga contra Estólido Martínez, resulta igualmente problemático y totalmente inútil, pues lo más probable es que Completo ya se haya deshecho de los documentos de Estólido y conseguido en Suiza una nueva falsa identidad.

El plan de Lorena y su marido ha sido lo bastante brillante como para suponer que ambos tenían atados todos los cabos.

–Lo que yo no habría sospechado jamás es que Lorena, una chica anodina, que aparentemente solo buscaba una vida ordenada, tranquila y cómoda, pudiera convertirse en una sofisticada delincuente –me lamento.

–El poder del dinero –sentencia Elisa, lacónicamente, mientras conduce el Ford Ka con un estilo que me recuerda al de Juha Kankkunen–. Veintitrés millones de euros le pueden cambiar a una hasta el carácter.

Acabamos de atravesar Lanaja. Elisa presenta el semblante más serio que yo le había visto hasta ahora. Incluso, utiliza conmigo un tono de voz seco y cortante, desconocido para mí.

–¿Qué te ocurre, Elisa?

Cuando ya creo que no va a contestarme, lo hace a la gallega.

–¿Por qué no has ido a contarle la verdad a la viuda de Estólido? Ella aún no sabe que su marido ha muerto.

Es cierto. Antes de salir de Artiga podía haberme acercado a la casa de Amelia Mantecón en cinco minutos.

–No he querido hacerlo. Mi cliente es Nemesio. Mi informe final ha de ser para él. Que se ocupen él o su mujer de informar a Amelia. Al fin y al cabo, ellos son su familia.

–¡Y yo que pensaba que querrías hacerlo tú, personalmente! Tengo la sensación de que Amelia Mantecón te produjo una impresión personal especialmente buena.

El tono de Elisa se ha vuelto cáustico. La miro de reojo, sin lograr adivinar qué pasa por su cabeza.

–Es cierto, me cayó bien –reconozco–. Quizá por eso, prefiero no ser portador de malas noticias.

–No estoy muy segura de que la muerte de su marido sea muy mala noticia para Amelia.

Elisa nunca dice las cosas porque sí, pero no me apetece pensar en el significado oculto de sus palabras. No, por ahora. Pero no puedo evitar recordar su rotunda afirmación de que Estólido no volvería a maltratarla nunca más. Desde luego, tenía toda la razón.

–Sigues sin decirme qué te ocurre –le insisto.

Elisa suspira. Creo que incluso rechina los dientes.

–Pues está bien claro, Fermín. Tú ya has concluido tu investigación. En cambio, la mía acaba de entrar en su fase más peliaguda. Esta misma noche, saldré de viaje hacia Suiza. Tengo que intentar recuperar el dinero de mis clientes.

Una brisa helada me recorre el pecho al oír las palabras de Elisa. Debe de ser el aire acondicionado del coche. O no.

–¿Solo eso? ¿Solo debes recuperar el dinero?

Elisa suspira largamente.

–No. No solo eso, ya lo sabes.

Me cuesta más de un kilómetro de silencio formularle a Elisa la siguiente pregunta.

–¿Tendrás que matar también a Lorena?

26 de julio, miércoles

Elisa bajó en la estación de Berna del trenhotel de Renfe que, tres veces por semana, hacía el recorrido entre Barcelona y Zúrich. Eran las nueve menos cuarto de la mañana cuando puso el pie en el andén. Al principio del mismo, le esperaba el delegado en Suiza de la Joker's Holidays, que se había desplazado en coche desde Friburgo, donde residía.

Luca Biranti, pese a su apellido italiano, tenía un aspecto rotundamente germánico, pues era alto, fornido, rubio y rubicundo. Tras saludar a Elisa con un apretón de manos, le entregó un ejemplar del día del *Berner Zeitung*, uno de los periódicos locales de la capital helvética.

—En la página cuarenta y dos aparece la esquela —le indicó Biranti en francés, el único idioma extranjero en el que Elisa se defendía suficientemente—. El funeral se celebra a las once de esta misma mañana. ¿Piensa acudir?

—Por supuesto. No me lo perdería por nada del mundo.

El hombre tomó la maleta de Elisa y abrió camino hasta el coche que había dejado estacionado en el aparcamiento público de la estación.

—¿Qué es lo que ocurre, señora Lobo? —le preguntó, nada más sentarse tras el volante—. Mis jefes me han dicho que me ponga a su entera disposición y aquí estoy, pero ¿por qué la empresa la envía como su representante al entierro de alguien como Martín Completo? Ya sé que era un buen colaborador. Pero eso no justifica su presencia aquí. Para quedar bien, habría podido ir yo mismo a presentar mis condolencias a la familia.

Elisa le dedicó una mirada fría antes de responder:

—Sí. Cierto.

—Sin embargo, ha venido usted desde España. Eso significa que... que hay algo más, ¿verdad?

—Es usted el hombre más sagaz que he conocido.

Tras el sarcasmo de Elisa, Biranti ya no volvió a abrir la boca. Condujo a la mujer hasta el hotel Nacional, muy cercano a la estación, y la esperó en el vestíbulo mientras ella se duchaba y se cambiaba de ropa.

Luego, fueron andando hasta la cercana Iglesia Francesa, donde se iba a celebrar el funeral, y recorrieron lentamente los alrededores del templo como una simple pareja de paseantes.

A las once en punto dio comienzo el oficio religioso. Desde uno de los últimos bancos de la iglesia, Elisa miraba a su alrededor, sin mucho disimulo. Mantenía la esperanza de ver aparecer al muerto detrás de cualquier columna. No podía siquiera imaginar que alguien fuera capaz de resistirse a acudir en vida a su propio funeral, un sueño imposible para la mayoría de los mortales.

En un momento dado, fingiendo una indisposición, Elisa abandonó el banco que compartía con Biranti y se apostó durante unos minutos junto a la entrada de la pequeña iglesia. Luego, subió por la escalera de caracol que conducía hasta el coro, convencida de que Completo lo estaba observando todo desde algún lugar discreto.

Pero, si realmente el presunto fallecido estaba allí, Elisa no logró dar con él, así que tuvo que seguir con el primer plan: seguir a Lorena como la seguiría su propia sombra, esperando el momento en que el matrimonio se reencontrase para celebrar lo muy listos y resueltos que habían sido y lo muy ricos que iban a ser de ahora en adelante.

Tras el funeral, los asistentes pasaron a dar el pésame a la familia del finado. Elisa se acercó hasta Lorena y le tendió la mano.

—La acompaño en el sentimiento —le dijo en español.

Lorena tardó en percatarse del detalle. Cuando lo hizo, Elisa ya había dado media vuelta y se alejaba en dirección a la puerta de la iglesia y el «gracias» de la viuda cayó en tierra de nadie.

La acción de Elisa había sido estratégica. Quería que Lorena supiera que ella estaba allí y esperaba que la sorpresa o el desconcierto de la falsa viuda la obligasen a cometer algún error; a traicionar su magnífico plan, ese que hasta ahora se había mostrado impecable e inexpugnable. Claro está que también podía suscitar la reacción contraria y llevar a Lorena a adoptar una actitud extremadamente precavida. Pero Elisa prefería correr ese riesgo y llevar la iniciativa.

A la salida de la iglesia, siguieron en el BMW de Biranti a Lorena, que subió a bordo de un Mercedes interminable, junto a varios miembros de la familia materna de su marido. Como el cadáver se iba a incinerar al día siguiente, no hubo traslado de restos al cementerio y los deudos se dirigieron a la casa familiar.

Los Kürbis vivían como los nobles de antaño, todos juntos en una enorme mansión, en la avenida Attenbergstrasse, cuyos jardines traseros llegaban hasta la mismísima orilla del Aar, frente al meandro que describe el río a su paso por la ciudad de Berna.

La viuda oficial de Martín Completo había sido acogida por la familia materna de su marido, tras la inesperada desgracia. Nadie entre los Kürbis sabía cuáles eran las intenciones de la española pero, desde luego, tampoco nadie contaba con que fuera a quedarse demasiado tiempo entre ellos. Suponían que su vida estaba en España y no en Suiza, y consideraban un gran gesto que se hubiese tomado la molestia de viajar hasta Berna para que las cenizas de Martín pudieran reposar en el panteón familiar como, al parecer, había sido el deseo del finado. Deseo, eso sí, del que nadie había tenido noticia hasta ahora.

Tras comprobar que Lorena entraba en la casa y dejando a Luca Biranti al volante de su auto vigilando la entrada principal, Elisa dedicó la siguiente hora a pasear en torno a la mansión Kürbis, tomando nota mental de cuantos detalles le parecieron significativos.

La casa tenía acceso por una entrada principal, que daba a la avenida, otra lateral, seguramente usada por el servicio, y la rampa del garaje. Además, desde el jardín trasero se accedía directamente al río, con lo que cabía la posibilidad de llegar a la casa o marcharse de ella a bordo de una canoa u otra pequeña embarcación.

Elisa valoraba todas las opciones.

Podía ser que Martín Completo estuviese refugiado en esa casa y que pensase estarlo por un largo tiempo, hasta asegurarse de que se habían apagado los ecos de la desaparición de Estólido Martínez.

Sin embargo, la intuición le decía que no era así. En ese caso, los parientes suizos del abogado español deberían haber aceptado convertirse en cómplices de un crimen, cosa muy poco probable; como también resultaba improbable que Martín Completo se ocultase en la casa sin conocimiento de sus habitantes. Lo más seguro era que el marido de Lorena se hallase refugiado en algún otro lugar. Un lugar al que Elisa esperaba que Lorena la condujese; y que lo hiciese pronto. Estaba convencida de que Completo no retrasaría mucho tiempo el reencuentro con su esposa por la sencilla razón de que ella era la que tenía el dinero en su poder.

A la hora de establecer el dispositivo de vigilancia, Elisa valoró la posibilidad de que Lorena abandonase la mansión Kürbis por el jardín y el río, pero la desechó enseguida, así que decidió que le bastaría con vigilar las dos puertas de la casa y la del garaje, cosa fácil de hacer desde el coche de Biranti, si este se aparcaba estratégicamente.

Cuando Elisa se dio por satisfecha con la posición del vehículo, el suizo echó el freno de mano y apagó el motor.

–Y ahora, ¿qué?

–Ahora, a esperar.

–¿Los dos?

–No. Usted puede irse, Biranti.

–¿Y qué hago?

–Lo que haría un día normal. Pero ¿puede venir a relevarme esta tarde un par de horas?

–Claro. ¿A las cinco le va bien?

–Perfecto. Y antes de irse, ¿podría conseguirme unos bocadillos y una botella grande de agua mineral?

–Por supuesto.

Elisa pasó allí, sentada ante el volante del BMW, las horas centrales del día. Pese a que brillaba el sol con fuerza, le bastó abrir las ventanillas para que la brisa suiza hiciera totalmente innecesario conectar el aire acondicionado del vehículo.

Con puntualidad militar, Biranti apareció allí a las cinco de la tarde.

–¿Qué? ¿Cómo ha ido?

–Nada, por ahora –respondió Elisa–. Voy a mi hotel a darme una ducha y cambiarme de ropa. Volveré antes de dos horas.

–¿Qué tengo que hacer?

–Vigile la casa. Si sale la viuda de Completo, sígala discretamente y llámeme al móvil. Aquí le dejo una buena foto, por si tiene dudas sobre su fisonomía.

—La recuerdo muy bien, del funeral.

Una hora y cuarenta minutos más tarde, Elisa ya estaba de regreso. Abrió la puerta trasera del coche y depositó sobre el asiento posterior una mochila de turista con diversos objetos y algunas provisiones. Luego, se sentó junto a Biranti, en el asiento del copiloto.

—¿Nada?

—Nada, todavía —respondió el hombre—. Han salido varias personas de la casa y un par de coches del garaje, pero he podido comprobar que iban conducidos por hombres.

—Bien. Esperemos que Lorena no fuera escondida en el maletero de uno de esos coches.

—Me voy, entonces. ¿Cuándo vuelvo?

—Mañana por la mañana, a primera hora.

—¿Va a pasar aquí toda la noche?

—Así es, salvo que ocurra algo inesperado. Pero así es mi trabajo.

—Aburrido, ¿eh?

—Aburrido, hasta que, de pronto, se vuelve peligroso.

—Ya.

—Oiga, Biranti, ¿tiene usted otro coche?

—Un utilitario.

—Mañana venga con él y lo cambiaremos por este. Podría empezar a levantar sospechas si lo tenemos aquí aparcado demasiado tiempo.

El resto de la tarde fue tranquila. Solo cuatro personas salieron andando de la casa y ninguna de ellas respondía ni por lo más remoto a la descripción de Lorena. Por el contrario, hasta seis automóviles entraron por la rampa del aparcamiento. Todos de lujo. El más discreto y barato, un Audi A8. Incluso apareció un Maserati, de un inusual color tabaco metalizado.

La vigilancia era extremadamente fácil y aburrida. La avenida Attenbergstrasse era tranquila, con pocos paseantes y escasa circulación de vehículos.

El anochecer fue la circunstancia que Elisa aprovechó para salir a estirar las piernas sin por ello dejar de vigilar. Estuvo veinte minutos fuera del coche hasta que el brusco descenso de la temperatura ambiente le aconsejó volver al interior del vehículo.

Hizo una llamada a España, a Roberto Molinedo, para informarle de la situación del caso, rogarle paciencia y asegurarle que todo estaba bajo control y que esperaba hacer avances significativos en las próximas setenta y dos horas.

Al colgar, tras pensárselo durante un rato, llamó a Fermín Escartín, al número del móvil que ella misma le había proporcionado antes de marcharse.

El detective le contestó al tercer intento.

—¿Fermín? ¿Oye? ¿Estás ahí?

—¿Eh? ¡Sí! ¿Elisa, eres tú?

—Claro que soy yo. ¿Por qué me has colgado antes?

—¿Te he colgado?

—Dos veces.

—Disculpa. Es que no estoy acostumbrado a estos chismes. El botón verde, me dijiste.

—Eso es.

—¿Y qué? ¿Cómo van las cosas por Suecia?

—Estoy en Suiza, no en Suecia.

—¿No me dijiste que ibas a Viena?

—¡Berna! ¡Te dije Berna! Y Viena está en Austria, no en Suecia.

—¡Atiza...!

Elisa calló unos segundos. Luego, se echó a reír.

—Me estás tomando el pelo, ¿verdad?

Escartín rió también.

—Es que me encanta oírte reír —dijo, como disculpa—. Bueno, ¿qué tal va todo?

—Sigo vigilando a tu ex. Martín Completo aún no ha aparecido. Pero estoy segura de que lo hará pronto.

—Espero que así sea porque... cuanto antes aparezca él, antes volverás tú.

—Sí.

—Te echo de menos.

—Y yo a ti.

—Ten cuidado. Y abrígate, que dicen que en Suecia hace mucho frío.

Al colgar, Elisa sintió una oleada de cariño por Fermín. Quizá no fuera amor, pero tuvo que reconocer que era lo más parecido al amor que había sentido por un hombre desde hacía muchos años.

Luego, sacó de la mochila que había traído un termo con café y un sándwich de salmón y queso. Al hacerlo, recordó que también había cogido sus pequeños pero muy luminosos prismáticos militares. Se entretuvo un rato observando los alrededores a través de los gemelos y ajustando el enfoque con precisión a la distancia que la separaba de la puerta principal de la casa de los Kürbis.

Luego, bostezó y se desperezó durante cinco minutos.

Setenta y dos horas, le había dicho a Molinedo. Setenta y dos horas para obtener resultados. Por Dios, esperaba que fuese cierto y que no tuviese que pasar allí, de vigilancia, más de esos tres días. No tanto porque tuviese prisa por concluir la investigación y echar el cierre al caso sino porque una Lorena instalada en la casa de los Kürbis durante más de ese tiempo, no le cuadraba. Eso significaría, probablemente, que las cosas no eran como ella las había imaginado.

La ex de Fermín ya les había sorprendido en un par de ocasiones con movimientos inesperados. No deseaba más sorpresas.

27 de julio, jueves

Habida cuenta de los hábitos horarios de la población suiza, allí la medianoche es precisamente lo que su nombre indica: la mitad de la noche. O sea, el equivalente español a las cuatro de la mañana, el momento más tranquilo, la hora en la que ya ningún vigilante espera que ocurra nada importante. Por eso, cuando el remoto sonido de las campanas de la catedral indicaron el final de un día y el comienzo de otro nuevo, Elisa se hizo a la idea de que su espera había concluido sin éxito por esa jornada.

—Ojalá el amanecer traiga nuevos acontecimientos —susurró para sí.

Se había propuesto dormir y vigilar en lapsos de veinte minutos a partir de la una de la madrugada. Sabía que, de ese modo, conseguía descansar lo suficiente y, como tenía el sueño muy ligero, era muy difícil que, si ocurría alguna cosa inusual, no se despertase.

Pero a las doce y veinticinco, treinta y cinco minutos antes de lo previsto, Elisa se quedó profundamente dormida.

Despertó de repente, sobresaltada.

Sobresaltada y confusa, pues no sabía dónde estaba ni qué hora era ni qué hacía allí ni qué coche era aquel. Le costó casi medio minuto situarse en la realidad; y esos treinta segundos le resultaron terriblemente angustiosos.

Por fin se serenó, se centró y, de inmediato, se percató de la causa de su brusco despertar. Frente a la puerta principal de la mansión Kürbis, se había detenido un coche.

Echó un vistazo rápido a la fachada. Una de las habitaciones del segundo piso tenía la luz encendida. Pero se apagó justo en ese momento.

Tomó los prismáticos y los enfocó hacia el coche. Descubrió entonces la placa que lo identificaba como un coche de servicio público. Se trataba, pues, de un taxi que esperaba pasajero.

Se encendió la luz del vestíbulo de la casa y, segundos más tarde, aparecía en el umbral Lorena, tirando de una maleta con ruedas. Elisa tuvo la sensación de que se preocupaba de cerrar la puerta sin ruido. Aquello tenía todo el aspecto de una despedida «a la francesa» de sus anfitriones suizos.

Aunque el BMW estaba en la penumbra, bajo un imponente tilo que lo protegía de la luz de las farolas, y era imposible que la vieran, Elisa se agachó dentro del auto cuando el taxi pasó a su lado. De inmediato, arrancó el motor de su coche, realizó un giro prohibido de ciento ochenta grados y lo siguió sin encender los faros.

Menos de diez minutos después, llegaban a la estación central de ferrocarril de Berna, la misma en la que Elisa había desembarcado del trenhotel la mañana anterior, procedente de Barcelona.

Mientras Lorena abandonaba el taxi ante la entrada principal, Elisa dejó el coche en el aparcamiento público de la estación. Luego, corrió hacia el vestíbulo del edificio. Pese a que apenas había gente, le costó unos segundos localizar a Lorena. Por fin, la vio de lejos, sacando un billete en taquilla. Cuando se retiró de la ventanilla y, tras comprobar que la ex de Escartín se dirigía a la sala de espera, ocupó su lugar ante la taquilla.

–Buenas noches –dijo el empleado.

–No sé qué tienen de buenas – replicó Elisa, fingiendo un monumental disgusto–. Vengo de tener uno de los peores días de mi vida.

–Cuánto lo siento – dijo el hombre de la taquilla, totalmente impávido–. ¿En qué puedo ayudarla?

–Deme un billete.

–¿Para dónde?

–Eso me es igual. Para donde sea, con tal de salir de esta condenada ciudad.

–Debe indicarme un destino – insistió el empleado, en un tono que dejaba patente su desagrado.

–¡Ya le digo que me es igual! Lo que quiero es marcharme de Berna cuanto antes.

–Debe indicarme un destino –repitió el hombre, con la pulcritud de un androide.

–Vaaale... Dígame: ¿para dónde lo ha sacado la mujer que estaba delante de mí?

—¿Ella? Para... Lausana.

—¡Pues deme a mí también un billete para Lausana, qué demonios! ¡Ya está! ¿Ve qué fácil?

El empleado operó con rapidez en su ordenador.

—El próximo tren con parada en Lausana es el nocturno Zúrich-París de la Compañía Mitropa, que llega dentro de veinte minutos. ¿Le va bien?

—De perlas, chaval. De perlas.

—¿Cama, litera o butaca?

—Lo más barato.

—¿Ida y vuelta?

—Solo ida.

El tren llegó hacia la una de la madrugada, procedente de Zúrich y salió doce minutos más tarde, con París como último destino.

Lorena no había sacado plaza acostada sino butaca, lo que hizo suponer a Elisa que el viaje hasta Lausana, cuya duración ignoraba, no sería demasiado largo.

Duró dos horas, aproximadamente.

La llegada a la estación de Lausana fue el momento en que Elisa corrió mayor riesgo de ser descubierta, pues Lorena y ella fueron las dos únicas personas que descendieron del tren nocturno con destino París.

Al salir del edificio, Lorena se dirigió a la parada de taxis y subió al primero de la fila. Elisa remoloneó hasta que lo vio arrancar y tomó luego el siguiente coche.

—Siga a ese taxi —le dijo al conductor—. Disimuladamente, **223** por favor.

El hombre ni se inmutó, como si recibiese solicitudes similares a diario.

Callejearon por la ciudad, acercándose al lago Ginebra y, a continuación, tomaron durante unos ocho kilómetros una carretera que discurría hacia el este, paralela a la orilla. El taxi que llevaba a Lorena avanzaba a gran velocidad hasta que, por fin, aminoró la marcha bruscamente y se desvió por una carretera secundaria a la derecha. Menos de un kilómetro después, se detuvo frente a una casita de campo, rodeada por un gran jardín y relativamente aislada.

—Creo que ese es el destino de mi compañero —dijo el taxista de Elisa, deteniéndose a unos cien metros del otro, tras uno de los grandes árboles que flanqueaban la calzada—. Acaba de encender la luz de libre.

—Estupendo. Parece que haga usted esto cada día —dijo Elisa, entregándole un billete de cien euros—. ¿Es suficiente? No sé a cuánto se cambia el franco suizo.

—Le sobra mucho.

—Para usted —contestó ella, ya desde la cuneta, por la que corría en dirección a la casa.

La casita parecía la de Hansel y Gretel, con la fachada como un dibujo infantil, blanca, roja y verde y enmarcada por maderas de color oscuro.

Al verla, Elisa tuvo el pálpito de que aquella casa era el final de su viaje. Que era el lugar en que Lorena y Completo habían acordado reunirse. Si todo salía bien, también aquel era el lugar en que ambos iban a morir.

Siguiendo su habitual protocolo en estos casos, Elisa rodeó la casa tomando nota mental de todos los detalles que le parecían interesantes. Vio cómo se encendió y se apagó la luz de diversas habitaciones, hasta que todo volvió a quedar en penumbra.

La temperatura era agradable para tratarse de Suiza, pero muy fría para ser el mes de julio.

Elisa se sentía cansadísima. Eran cerca de las cuatro de la mañana y ahora ni siquiera tenía un coche en el que meterse a esperar. Estaba a la intemperie.

Pensó que era muy probable que Martín Completo ya estuviese allí desde hacía días, esperando la llegada de su mujer. Quizá ahora estaban ya juntos, felicitándose mutuamente por lo bien que habían salido sus planes. Era lo más lógico.

Y ella, allí, fuera, pasando frío. Un frío que, a un natural de la zona le parecería agradable y otoñal pero que a ella, que venía del verano español, la pillaba a contramano. Un frío que se haría poco a poco más y más intenso, conforme la noche avanzase hacia el amanecer. El tiempo, pues, jugaba en su contra. Tenía que actuar. Tenía que actuar ya, antes de que el frío y el cansancio la volviesen aún más torpe de lo que ya se sentía.

De la mochila, sacó una linterna y su inseparable pistola Browning. Comprobó el arma y entró en el jardín de la casa. Se deslizó hasta la fachada y, pegada a la pared, fue rodeándola, tratando de distinguir alguna alarma o cámara de seguridad.

No vio nada que le infundiese sospechas.

La casa tenía una puerta trasera y pensó que era una buena opción para entrar, pero luego vio que una leñera adosada al muro derecho permitía por su tejado un acceso no dificultoso a una de las ventanas del primer piso. Decidió probar por allí.

La ventana fue fácil de violentar. Pertenecía a un cuarto de baño.

Moviéndose lentamente, Elisa descendió hasta quedar de pie dentro de la bañera. Salió de ella con cuidado. Contuvo la respiración y aguzó el oído. Solo escuchó silencio. La oscuridad no era más acusada dentro que fuera, de tal modo que, enseguida, sus ojos se acostumbraron a la penumbra. Como un gato, intentando hacerse liviana, salió al pasillo. El suelo era de madera y crujía de cuando en cuando. Avanzó lentamente, respirando con profundidad, abriendo una tras otra las puertas de las tres habitaciones de la planta, con la pistola por delante. Eran tres dormitorios, dos de ellos dobles, en los que las camas se hallaban sin deshacer.

No dejó de revisar el cuarto de aseo ni los grandes armarios. Luego, subió un tramo de escalera hasta asomarse a la buhardilla, que era diáfana. Le bastó un vistazo, con ayuda del haz de la linterna, para comprobar que se hallaba vacía por completo.

Elisa estaba empezando a ponerse nerviosa. Lo notaba en el ritmo de su respiración, que había elevado su cadencia. Lo lógico habría sido encontrar durmiendo a los habitantes de la casa o haberse topado ya con ellos. Pero en la planta superior no había rastro de persona alguna.

Descendió entonces por la escalera hasta la planta situada al nivel de la calle. Revisó primero el cuarto de estar, otro cuarto de baño, una especie de cuarto de plancha amplio, el distribuidor situado justo a la entrada y, por fin, un pequeño despacho.

Un caracoleo del estómago la importunaba. Una cosa era no encontrar por ninguna parte a Martín Completo, que podía no haber llegado aún a la vivienda, y otra, muy distinta, no encontrar a Lorena, a la que había visto entrar en la casa apenas media hora antes.

Quedaba una sola habitación por revisar. La cocina.

Le pareció que una luz muy tenue escapaba por debajo de la puerta cerrada.

Se deslizó hacia ella, sujetó con suavidad el picaporte y con firmeza la pistola. Accionó la manilla y empujó.

Descubrió a Lorena sentada ante la mesa, vestida con un camisón de dormir y una bata, con una taza de té entre las manos. Iluminada tan solo por la luz débil procedente de la campana extractora de humos.

Las dos mujeres se miraron sin sorpresa.

—La estaba esperando —dijo la ex esposa de Fermín Escartín.

Elisa avanzó sin dejar de apuntar a la cabeza de Lorena. Revisó rápidamente la pieza, mirando detrás de la puerta, en el armario de las escobas y echando un vistazo al pequeño jardín posterior, sin encontrar nada sospechoso. Nada ni a nadie.

—¿Así que... me esperaba?

—Desde que apareció en el funeral de mi esposo. Después de aquello la he visto en un par de ocasiones más, siguiéndome de manera muy discreta... aunque no lo suficiente.

—Tendré que revisar mis métodos, entonces.

Lorena dio un sorbo a su taza de té. Luego, volvió a mirar a Elisa.

—¿Quién es usted?

Elisa estuvo a punto de replicar que era ella la que tenía preguntas que hacer. Pero consideró que el detalle no tenía tanta importancia. Además, resultaba inevitable presentarse ante su víctima.

—Trabajo para la Joker's Holidays. Los norteamericanos de los casinos, ya sabe. Como ya comprenderá, no están muy contentos con la actitud de su marido. La traición y la estafa están muy mal vistas en ciertos ámbitos.

—Ya. ¿Y... qué quiere de mí?

—Dos cosas, muy sencillas, Lorena: la primera, que me diga el paradero de su marido. La segunda, que ustedes dos devuelvan los veintitrés millones que se llevaron de Zaragoza.

Lorena zambulló la mirada en su té antes de contestar.

—Mi marido está muerto.

Elisa suspiró largamente mientras jugueteaba con la pistola. Carraspeó, dando a entender que su paciencia tenía un límite muy corto.

—Sí, ya sé que tiene un certificado de defunción firmado por un juez español. Su problema, Lorena, es que a mí ese certificado me importa un bledo. Sé que su marido sigue vivo y no hay juez que me pueda convencer de lo contrario.

Lorena miró por primera vez directamente a los ojos de la asesina a sueldo.

—Entonces, tendré que convencerla yo.

Elisa frunció el ceño.

—Bien. Inténtelo.

17 de julio, lunes

–Despierta, Lorena.

Lorena Mendilicueta gruñó y se desperezó mientras buscaba el despertador. Cuando lo localizó, vio que marcaba las ocho de la mañana.

–¿Qué pasa, Martín? ¿No te ibas hoy de viaje, a firmar no sé qué papeles a Fraga?

–Sí, así es. Pero necesito que vengas conmigo.

Lorena sacudió ligeramente la cabeza.

–¿Yo? Pero ¿por qué no me lo dijiste ayer?

–Acabo de darme cuenta de que te necesito.

–¿Para qué?

Martín Completo no encontró una respuesta fácil, así que acarició la mejilla de su mujer.

–Te lo explico por el camino, ¿vale? Ahora, levántate y vamos a desayunar. Dentro de cuarenta minutos tengo que estar en el centro.

Media hora más tarde, Martín sacaba del garaje su Volkswagen Tuareg negro, Lorena subía a bordo y ambos tomaban el camino al centro de la ciudad. Tuvieron suerte con el tráfico y apenas diez minutos más tarde, estacionaban el todoterreno en el *parking* de la plaza de Salamero, a cien metros de la oficina principal del Banco Santander en Zaragoza.

–Quédate aquí –le indicó Completo a su mujer–. Yo vendré dentro de un rato.

–¿Quieres que me quede aquí, en el *parking*? ¿Cuánto vas a tardar?

–Si no hay ningún inconveniente, treinta o cuarenta minutos, como máximo.

–No entiendo qué ocurre, Martín.

El tono de Lorena revelaba preocupación. Martín le sonrió.

–Cuando vuelva, tenemos que hacer un pequeño viaje hasta cerca de Fraga. Te lo explicaré todo de camino.

La inquietud de Lorena creció aún más cuando vio a su marido alejarse hacia el ascensor del *parking* arrastrando una enorme maleta de ruedas que acababa de sacar del portaequipajes del coche. Una maleta nueva, que ella no había visto jamás.

Tampoco el empleado de recepción del banco ocultó su perplejidad cuando vio entrar a Martín Completo tirando del asa de aquella especie de baúl con ruedas.

–Buenos días –dijo el abogado, adelantándose al saludo del recepcionista–. Vengo a retirar una importante cantidad en efectivo. El señor Losilla ya estaba al corriente y me estará esperando.

–¿Su nombre?

–Completo Kürbis. Martín Completo Kürbis.

–Un momento, por favor.

En efecto, la operación estaba preparada. Losilla, un hombre desagradablemente obsequioso, acompañó de inmediato a Completo a la cámara acorazada, situada en el sótano del edificio.

–La cantidad solicitada por su empresa nos llegó ayer, a última hora de la mañana. Puede contarla si lo desea, aunque, claro está, le llevará su tiempo.

–Contaré solo los fajos, mientras los voy metiendo en la maleta.

–¿Ha traído algún... dispositivo de seguridad?

–No. Pienso que la mejor seguridad consiste en no hacerse notar. Intentar pasar desapercibido.

El empleado del banco hizo un gesto ambiguo y acto seguido volcó sobre el suelo de la cámara acorazada los dos sacos que habían llegado la mañana anterior procedentes de la sucursal zaragozana del Banco de España a bordo de un furgón blindado de la empresa Prosegur. Un caleidoscopio de fajos verdes, amarillos y rojizos se desparramaron ante los ojos de Completo, que sintió cómo el pulso se le aceleraba.

Comenzó contando fajos de cien billetes de quinientos euros, hasta que sumaron diez millones, con los que ocupó el fondo de la maleta. Luego, los más abundantes, los de doscientos euros. Quinientos fajos más. Finalmente, ciento veinte fajos de doscientos cincuenta billetes de cien euros cada uno.

–Listo –dijo el abogado, echando el cierre a la maleta–. Todo está correcto.

Martín Completo firmó por triplicado los papeles que Losilla le presentó y tiró del asa de la maleta.

Pesaba como un demonio, pero consiguió llevarla sin muchos apuros hasta el ascensor y salir a la calle con ella. La distancia hasta el *parking* público era corta, pero se le hizo interminable. Afortunadamente, el aparcamiento estaba preparado para acoger a personas con movilidad reducida y existía un ascensor que unía las plantas inferiores con el nivel de la calle.

Una vez junto al coche, abrió el portón trasero y, con ayuda de su esposa, cargó el bulto en el maletero.

–Vámonos –le dijo a Lorena, sonriendo, mientras se colocaban los cinturones de seguridad antes de arrancar.

Ella no abrió la boca. Estaba perpleja, pero no paraba de pensar, tratando de averiguar qué significaba todo aquello.

Salieron de la ciudad por el puente de Santiago y se incorporaron a la autovía de Barcelona. A la altura de Alfajarín, Martín tomó la autopista de peaje. En ese momento, con un tráfico mucho más tranquilo, miró de soslayo a su esposa, que aguardaba, muda e intrigada, escuchar por fin, aquello que su marido tuviera que contarle.

–Tengo buenas y malas noticias, Lorena.

–Ese tipo de prolegómenos nunca me han sonado bien.

Él rió, antes de proseguir.

–No te voy a preguntar qué quieres oír primero. Las malas noticias son que... técnicamente, estamos arruinados.

Ahora fue Lorena la que estuvo a punto de soltar una carcajada.

—Pero ¿qué dices? ¿Cómo vamos a estar en la ruina, cariño? Tenemos una casa que vale un dineral, tenemos este coche, tenemos dinero en cuentas bancarias, tenemos joyas...

—Pero nuestras deudas a corto plazo, superan con mucho el valor de nuestras posesiones. A eso se le llama estar en quiebra. En bancarrota. La ruina.

—¡Pero...! ¿Cómo es posible? ¿De qué deudas estás hablando?

Martín inspiró profundamente y decidió empezar por el principio.

—Verás, hace aproximadamente un año, los de la Joker's Holidays... ya sabes: la empresa americana para la que trabajo a veces.

—Los de los casinos en Las Vegas.

—¡Je, je...! Sí, esa misma. Bueno, pues me hablaron de su intención de crear un gran parque de ocio en los Monegros llamado «Grand Póker». Una auténtica pasada: casinos, parques temáticos, hoteles... una inversión enorme, que le dará la vuelta a esta región como a un calcetín sudado. Y vi la posibilidad de ganar muchísimo dinero en esa operación. Disponía de información privilegiada, así que solo tenía que comprar barato y vender caro. Antes de que nadie supiese nada del proyecto, compré trescientas hectáreas de terreno en el término municipal de Artiga de Monegros. Casi una quinta parte de la superficie total del proyecto. Compré ese terreno a buen precio, sabiendo que la Joker's Holidays pagaría gustosa al menos el triple de esa cantidad cuando el proyecto se pusiese en marcha. El caso es que, para comprar las tierras, utilicé todos nuestros ahorros y pedí además varios préstamos poniendo como aval todas nuestras posesiones, empezando por la casa.

–Entonces fue cuando me pediste que firmase todos aquellos papeles que yo no entendía.

–Sí. Todo lo hice a nombre de los dos.

–Y algo salió mal, ¿no es así?

Martín carraspeó, sin perder la sonrisa.

–Cuando la compañía me encargó negociar con los propietarios del pueblo, todos se mostraron encantados de vender algunas de sus tierras con tal de poner en marcha un proyecto que iba a traer la prosperidad a su comarca. Todos... menos un imbécil absoluto llamado Estólido Martínez.

–Con ese nombre, ¿qué esperabas?

–Al principio, pensé que era una estrategia para sacar más dinero por la venta de sus propiedades, pero poco a poco me fui convenciendo de que ese tipo no pensaba vender a ningún precio. Es uno de esos urbanitas resentidos, reconvertido en ecologista militante y, como sus tierras ocupaban justamente el centro de la parcela prevista en el proyecto, ahora tenía en la mano el sueño de su vida: fastidiarle un grandísimo negocio a una compañía multinacional, aunque fuera a costa de las ilusiones de sus vecinos, con los que, naturalmente, se llevaba a matar.

234   Martín aprieta los dientes con rabia antes de continuar.

—Me he pasado meses tratando de hacerle entrar en razón, tratando de encontrar su punto débil, tratando de averiguar qué podía desear a cambio de su conformidad. Sin resultado alguno.

—¿Y qué decían los demás? Los otros vecinos, quiero decir.

Martín carraspeó.

—Ahora no estoy seguro de si hice bien, pero... a los demás les oculté la negativa de Estólido. Les dije siempre que todo iba bien.

—¿Y a los de la compañía? ¿También a ellos...?

—¡Naturalmente que sí! También a ellos les dije que todo iba sobre ruedas. Estaba convencido de que tarde o temprano llegaría a un acuerdo con Estólido. Pero ahora... ya veo que es imposible. Y la situación no se puede prolongar más.

—¿Y qué vas a hacer?

Martín movió la cabeza, haciendo crujir las vértebras del cuello.

—¿Sabes lo que llevamos en la maleta que hemos cargado atrás?

—La verdad es que me daba miedo preguntarlo.

Martín sonríe. Susurra.

—Dinero. Mucho dinero. Billetes de banco. Euros en cantidad.

—¿Y qué... piensas hacer con ese dinero?

—Convencí a la compañía de que los propietarios de Artiga querían cobrar en metálico. Y a los del pueblo les dije que hoy firmaríamos los contratos ante el notario de Fraga y se les pagaría el precio acordado en el acto de la firma. Pero... el dinero nos lo vamos a quedar nosotros.

Al escuchar aquello, Lorena pareció sufrir un ataque de ansiedad.

–Pero ¿qué estás diciendo, Martín? ¿Te has vuelto loco? ¿Cómo vamos a quedarnos con ese dinero? ¡Acabaremos los dos en la cárcel! ¡O quizá algo peor!

El abogado sonrió, tratando de tranquilizar a su mujer.

–No te preocupes, cariño. Tengo un plan.

–¿Un plan? ¿Qué clase de plan? ¿Un plan como el de comprar tierras en Artiga para venderlas después por el triple de su valor?

–Eeeh... bueno, sí. Algo así. Pero esta vez saldrá bien, ya lo verás.

Durante los siguientes diez minutos, Lorena y Martín guardaron silencio. Ella se sentía aturdida. Mareada. Sofocada.

–¿Y ahora adónde me llevas?

–Vamos a encontrarnos con Estólido Martínez.

–¿Para qué? ¿No dices que no quiere vender a ningún precio?

–Un último intento de hacerle entrar en razón.

–¿Y para eso me necesitas?

Martín sonrió.

–Sí, Lorena. Yo creo que si alguien puede convencer a Estólido de que venda sus tierras, esa eres tú.

–No... no te entiendo.

Abandonaron la autopista en la salida de Bujaraloz, to-

mando dirección a La Almolda, desde donde se dirigieron hacia Artiga por la carretera que une ambas localidades.

Cuando había recorrido cuatro kilómetros por esta vía, el todoterreno se apartó de la calzada y se introdujo un par de cientos de metros en una pista que arrancaba hacia la derecha, hasta quedar oculto tras un pequeño promontorio.

Martín Completo salió del coche y, caminando, deshizo los doscientos metros para llegar hasta el cruce con la comarcal. Consultó su reloj y se dispuso a esperar.

Dieciocho minutos más tarde, tan solo dos coches habían pasado por allí. Ambos se detuvieron, por si podían prestarle ayuda, pero el abogado los despidió con buenas palabras.

Por fin, distinguió la silueta del Toyota Land Cruiser de Estólido acercándose. Alzó los brazos para pararlo.

—Señor Completo —exclamó el de Artiga, un tanto asombrado, ajustándose las gafas—. ¿Qué hace usted aquí? ¿No habíamos quedado en el Hotel el Ciervo?

—Cierto, Estólido, cierto. Pero venía de Lérida, he tratado de acortar camino siguiendo las pistas parcelarias y he metido el coche en una zanja a unos doscientos metros de aquí, por ese camino. ¿Lleva usted una cadena o una correa de arrastre en el coche? Creo que con un poco de ayuda podré salir del apuro.

Estólido no era demasiado listo, pero tampoco tonto por completo y frunció el ceño con fuerza al escuchar la historia de Completo.

—Pero... ¿qué me está contando, hombre? ¿Cree que me chupo el dedo? O sea, que atasca el coche a cuatro pasos de aquí y justo cuando yo estoy a punto de pasar. ¿Y pretende que me lo crea?

Completo, entonces, abrió la puerta del acompañante y saltó dentro del coche de Estólido. En el mismo gesto, sacó del bolsillo un revólver del 38, un Smith & Wesson por el que había pagado un dineral a un facineroso al que conocía de cuando, años atrás, lo había defendido en el turno de oficio. Apuntó con él directamente a la cabeza del marido de Amelia Mantecón.

–Mete el coche por ese camino o te pego dos tiros –dijo, con la voz tan serena como le fue posible–. Te aseguro que te los pego, como que me llamo Martín.

Tras cinco segundos de indecisión, Estólido obedeció.

–Aparca allí, junto al Tuareg.

–No veo que se haya metido en ninguna zanja –ironizó Estólido.

Cuando Lorena vio a su marido apuntando con un arma de fuego al conductor de aquel otro coche, sintió que se le nublaba la vista.

–Martín, ¿qué estás haciendo? ¿De dónde has sacado esa pistola?

–Cariño, quiero presentarte a don Estólido Martínez. El hombre que ha conseguido arruinar el proyecto de ocio y juego «Grand Póker», la mayor inversión extranjera en Aragón desde la llegada de la General Motors.

Lorena y Estólido cruzaron sus miradas. Fiera la de él, perpleja la de ella.

–¿Acaso tengo que ver con buenos ojos la presencia de jugadores empedernidos y prestamistas mafiosos cerca de mi pueblo? –proclamó retóricamente el marido de Amelia Mantecón.

–¿Tampoco ve con buenos ojos el montón de dinero que va a llover sobre su pueblo y la cantidad de empleos que va a generar en su comarca, en la región y en el resto del país?

–¡Bobadas! –gritó Estólido–. No quiero empleo precario y más dinero para los que ya son ricos, a cambio de perder mis tierras y ver cómo mi pueblo se convierte en lo que nadie quiere.

–¡Entonces, debería haber cogido su dinero y haberse comprado otras tierras bien lejos de aquí! ¡A fin de cuentas, Artiga ni siquiera es su pueblo!

Estólido bajó la cabeza, mientras hacía rechinar los dientes y mascullaba una maldición por lo bajo, que concluyó con un «váyase al infierno», perfectamente audible.

Entonces, se volvió bruscamente hacia Completo, que seguía con el brazo extendido, apuntándole con el arma. Lo hizo con una expresión feroz.

El abogado entendió el gesto de Estólido como una amenaza y, de modo automático, oprimió el gatillo dos veces casi seguidas.

Los estampidos se mezclaron con el grito largo y desgarrado de Lorena, que acompañó la caída del cuerpo de Estólido desmoronándose como una marioneta con los hilos perdidos.

–¿Qué has hecho? –le preguntó después a su marido la esposa del abogado, con un incrédulo hilillo de voz–. ¿Qué has hecho, Martín? ¿Qué has hecho...?

Martín seguía con el brazo extendido, apuntando al **239** cadáver.

–Simplemente, he puesto en marcha mi plan –dijo Martín Completo, con la mirada extraviada que suelen exhibir los asesinos ocasionales–. Ahora, ya no hay vuelta atrás.

A partir de ese momento, Martín Completo comenzó a actuar con aparente serenidad. Con un aplomo total, que convenció a Lorena del muy largo tiempo que su marido debía de llevar preparando minuciosamente aquellos acontecimientos.

En primer lugar, sacó del coche la gran maleta con el dinero y una sábana de plástico que había comprado el mes pasado y que extendió en el suelo. Colocó sobre ella el cuerpo de Estólido, le vació los bolsillos, le retiró las gafas, la alianza, el reloj y una cadena de oro que llevaba al cuello. Desabrochó la ropa del cadáver. Sin llegar a desvestirlo, buscó marcas o elementos identificativos. Pronto descubrió un lunar de buen tamaño, entre la tetilla izquierda y el sobaco. Tomó nota mental del hallazgo y continuó con su inspección. Le bajó los pantalones y los calzoncillos; le dio la vuelta. Entonces, lo vio. Era perfecto, como un regalo.

–Mira –le dijo a su esposa, tomándola por el brazo y obligándola a mirar–. ¿Lo ves? ¿Ves esa marca? Apréndetela bien. La forma, el color, el tamaño, la posición en el cuerpo. Parte superior de la nalga derecha. Un rectángulo vertical de color violeta, con los lados menores quebrados hacia el centro. Tu marido tenía esa marca. El pobre Martín Completo tenía esa marca. Recuérdalo bien.

240 Lorena le escuchó con la boca entreabierta y afirmó después, muy levemente.

Martín consideró que el traje oscuro y la camisa blanca que vestía Estólido resultaban adecuados. No así los zapatos, un modelo negro, de cordones y punta estrecha, pasadísimo de moda. Trató de cambiarlos por los suyos propios pero entonces descubrió que el muerto, aunque de estatura similar a la suya, calzaba dos números más, por lo que tuvo que desistir del cambio. Volvió a colocarle la ropa en su lugar, abotonando todas las prendas con delicadeza. Además, le colocó, en torno al cuello, su propia corbata, que se sacó por la cabeza sin deshacer el nudo. Luego, intercambió con el cadáver todos sus objetos personales. Le costó desprenderse de su documentación, de su Blackberry y de la alianza de bodas, pues era como renunciar a su propia identidad, pero lo hizo, de todos modos. Le dolió también colocar en la muñeca izquierda del muerto su reloj Omega de oro macizo y meterle en el bolsillo interior de la chaqueta el bolígrafo Montblanc de serie limitada. Pero cuando recordó que, si todo salía bien, Lorena acabaría recobrándolos de manos de la policía, se sintió mejor. Acto seguido, se guardó la cartera del muerto con todos sus documentos, se puso su reloj de cuatro cuartos, su alianza, su cadenita de oro y, por supuesto, se echó a los bolsillos el resto de sus pertenencias, incluidas las llaves del Toyota.

–¿Qué pretendes? –le preguntó Lorena, que seguía en vilo todos sus movimientos, sin llegar a comprender las intenciones de su marido–. ¿Acaso intentas hacerte pasar por él?

–¡Qué mujer tan lista tengo! Pues claro que sí. Voy a hacerme pasar por él. Y a él por mí.

–¡Pero si no os parecéis en nada!

—Eso va a dejar de tener importancia enseguida, ya lo verás.

Martín se dirigió al Tuareg. En el suelo tras los asientos delanteros, dentro de un saco grande de papel, de los de cemento Pórtland, llevaba un gran mazo, de mango largo y cinco kilos de peso, y un hacha de leñador, también de considerables dimensiones. Había comprado ambas herramientas tres semanas atrás, en una gran superficie cercana a Madrid, durante un viaje.

Sujetando el mazo con ambas manos, se acercó al cadáver de Estólido y descargó un golpe sobre la cabeza del muerto, que yacía boca arriba. No fue un golpe certero, pues cayó sobre el ojo y el pómulo izquierdos; pero luego vinieron otros más precisos, que fueron desfigurando el rostro del muerto hasta convertirlo en una pulpa grotesca e irreconocible.

Completo solo se detuvo cuando una náusea espantosa le llegó de pronto. Le subió desde las entrañas como un surtidor que le llenó la boca del amargo sabor de la bilis. Apenas pudo separarse dos pasos del cuerpo, antes de vomitar. Entonces vio que también Lorena acababa de arrojar cuanto guardaba en el estómago y lo miraba con ojos aterrados, enrojecidos e incrédulos. Sin permitirse tiempo para pensar, Completo fue hacia el coche y, esta vez, sacó el hacha. Separó del cuerpo los brazos del muerto, hasta casi ponérselos en cruz y, sin apenas preparación, descargó un golpe que seccionó limpiamente la mano derecha del cadáver a la altura de la muñeca. Sin embargo, repetir la operación con la mano izquierda le llevó tres hachazos, pues falló los dos primeros golpes.

Introdujo las manos cortadas en una bolsa de plástico. Tomó otra bolsa y cubrió con ella la destrozada cabeza de Estólido, asegurándola en torno al cuello con cinta americana, que procuró no se adhiriese más que al plástico, no a la ropa ni a la piel.

–Ayúdame –dijo, entonces, dirigiéndose a Lorena.

–¿Qué...?

–¡Ayúdame a subirlo al coche! ¡Vamos!

La mujer obedeció sin pretenderlo, como quien se presta voluntario en un espectáculo de hipnosis, y entre ambos colocaron el cuerpo de Estólido en el maletero del Tuareg. Luego, trasladaron la maleta con el dinero al Land Cruiser del muerto.

Martín se percató entonces de que había manejado las herramientas con las manos desnudas, olvidando la precaución de ponerse guantes. Así que, en lugar de abandonar el mazo y el hacha en aquel paraje, como había planeado en un primer momento, decidió envolverlas de nuevo en el saco y cargarlas en el coche. Ya pensaría en el mejor modo de deshacerse de ambos útiles.

–Yo iré delante, en el Toyota –le dijo a Lorena su marido–. Tú coge nuestro coche y sígueme.

–¿Qué estás diciendo? ¡No puedes pedirme eso, Martín! ¿Cómo voy a conducir un coche con un muerto dentro? ¡No puedo, no puedo, no puedo...!

Completo se aproximó a su mujer en dos zancadas y la sujetó por los brazos.

–¡Sí que puedes! Puedes, Lorena, puedes. Tienes que hacerlo por nosotros. Puedes y lo vas a hacer.

Sin admitir discusión, sin esperar la respuesta de ella, Martín Completo subió al Land Cruiser, arrancó y maniobró para situarlo en dirección a la carretera comarcal.

–¡Vamos, sígueme!

Lorena estaba a punto de romper a llorar pero se hallaba tan cerca del estado de choque que ni siquiera se le humedecían los ojos.

Como una autómata, subió al todoterreno y, de forma mecánica, giró la llave de contacto, engranó la primera velocidad y arrancó, siguiendo al coche que conducía su marido.

Volvieron a la carretera comarcal, rodearon La Almolda por calles de las afueras y, por fin, llegaron a la autopista de Barcelona, por la que circularon hasta la salida de Fraga. Al entrar en ambos peajes, Martín eligió una cabina de cobro manual pero que también admitiera cobro por telepeaje. Él pagó en efectivo y cuando Lorena, que conducía como si estuviese dentro de una nube, avanzó tras él, el aparatito electrónico emitió un pitido y realizó la operación automáticamente. Completo sonrió. Acababa de quedar registrado electrónicamente que su coche había atravesado el peaje de la salida de Fraga exactamente a las once menos diez de la mañana. Todo iba según sus planes.

Empezaba a creerse Herman K. Lamm.

Tras dejar la autopista, fueron serpenteando por carreteras secundarias que Martín había estudiado bien en las semanas anteriores hasta llegar a un paraje aledaño al canal de Zaidín, aunque a considerable distancia de la población que le daba nombre. Allí, en medio de la nada, detuvo el Toyota. El Volkswagen paró detrás.

Cuando su marido se acercó hasta ella, Lorena aún seguía aferrada al volante, con la mirada perdida, como si mirase a lo lejos.

–¿Te encuentras bien? –preguntó el abogado.

Ella se volvió lentamente hacia él.

–Sí –respondió con la voz opaca.

–Estupendo, porque ahora tengo que explicarte el resto de mi plan, donde tú tienes un papel fundamental. Pero, primero, vamos a deshacernos de mi cadáver.

–Del cadáver de este pobre hombre, quieres decir.

–No, no, no... hazte a la idea de que ese muerto ya no es Estólido Martínez. Ahora ese muerto ya es Martín Completo. No sabes cómo lo lamento, pero no me ha quedado más remedio que dejarte viuda. Pero eso nos va a hacer ricos a los dos.

–Arrojamos el cadáver de aquel hombre al canal. Luego, fuimos hasta Fraga y aparcamos el coche de Martín cerca de la estación de autobuses. Y regresamos a Zaragoza en el todoterreno de Estólido.

A Elisa, la historia que contaba Lorena comenzaba a aburrirle un poquito. La estaba soportando solo porque, al final de la misma, confiaba en descubrir el paradero de Martín Completo. Su objetivo principal, junto con la recuperación del dinero.

Disimuladamente, echó un vistazo a su reloj y reprimió un bostezo.

Sobresaltado, echo un vistazo rápido al reloj y reprimo un bostezo.

¿Será posible? Me pongo al día con la Telefónica y la primera llamada que recibo una vez que me devuelven la línea es a las... a ver... las tres y media de la madrugada. Si lo llego a saber, para rato les pago.

—¿Diga?

—Fermín, soy Damián Souto.

—¡Comisario!

—¿Estabas durmiendo?

—No, estaba pisando uva para elaborar mi propio vino. ¡Pues claro que estaba durmiendo! ¿Ocurre algo?

—Ocurre algo, sí —le oigo decir, con voz sombría—. ¿Cuánto puedes tardar en vestirte?

—Si es urgente, tres minutos.

—Dentro de cinco, te espero junto a la iglesia de San Gil.

—¿De qué se trata?

—Te lo explicaré por el camino.

—Camino, ¿a dónde?

—Al domicilio de Lorena.

En efecto, apenas llevo un minuto esperando en la puerta de la parroquia de San Gil Abad cuando, por el fondo de la calle de Don Jaime, aparece el comisario a bordo de su Citroën negro oficial con chófer, a cuyo asiento trasero me invita a subir. El auto lleva en el techo la luz azul parpadeante encendida.

246   Enseguida, interrogo a Souto con una mirada.

—El perro —me responde—. Al salir ayer hacia Suiza, Lorena se dejó al perro atado en el jardín. Hacia la una de esta madrugada, el vecino más cercano ha llamado a los municipales porque el animal no paraba de ladrar.

–Pobre chucho –digo por decir, sin pena alguna y sin olvidar cómo me había perseguido con saña por el jardín unos días atrás.

–Los municipales, que ya sabes cómo las gastan, tras comprobar que en la casa no había nadie, saltaron la valla del chalé y, con un aparatito que tienen, abrieron la puerta eléctrica del garaje, suponiendo que allí encontrarían comida para el perro.

–Y la encontraron.

–Sí. Pero uno de los guardias era un tipo despierto y pronto se percató de que allí ocurría algo raro. Por lo visto, lo primero que le llamó la atención fue que, junto a las herramientas de jardín, vio también un hacha de grandes dimensiones, con el filo muy mellado y un mazo de mango largo, muy pesado. Pensó que no cuadraban mucho allí. Luego, descubrió varias botellas vacías de lejía en un rincón, que tampoco parecían pintar nada en aquel sitio. Y cuando revisó el todoterreno que se encontraba allí aparcado, advirtió que tenía un agujero de bala en el montante trasero derecho de la carrocería. Cuando la central introdujo la matrícula en la base de datos, comprobaron que el auto no estaba a nombre del dueño de la casa.

Souto hace una pausa dramática y se vuelve hacia mí. Sigue siendo un buen director teatral. Un hombre con sentido del espectáculo.

—Se trata del coche de Estólido Martínez —me dice, a continuación.

Me lleva unos segundos procesar la información.

—¿Y... para eso me saca de la cama a las tres y media de la madrugada, comisario?

Souto se vuelve hacia mí. En su mirada leo que no. Que hay algo más.

El teléfono móvil comenzó a vibrar en el bolsillo de Elisa. Ella se cambió la pistola de mano para poder sacarlo del bolsillo con la derecha y le echó un breve vistazo. El número que le llamaba no estaba en su agenda. Se trataba de un móvil y presentaba un +34 por delante. Una llamada desde España. Pero ahora no podía contestar, así que oprimió la tecla roja para colgar.

Lorena, tras una pausa para apurar su taza de té, acababa de continuar con su relato.

En el Toyota de Estólido, regresaron a su domicilio en Zaragoza. Por el camino, Martín no dejó de repetirle a Lorena su intervención en el plan.

–Mañana mismo, tienes que denunciar mi desaparición a la policía. No tardarán en encontrar el cadáver y el coche. Acuérdate de lo que tienes que contar: que he salido esta mañana hacia una reunión con el notario de Fraga. No sabes nada más. Eso y nuestro coche, que lo hallarán pronto, orientará a los polis en la dirección correcta para dar con el cadáver de Estólido. Con un poco de suerte, es posible que mañana mismo den con el cuerpo y te llamen para identificarlo. Pero si no es así, no te pongas nerviosa. Darán con el muerto más pronto que tarde. Cuando te lleven a la morgue, identifícalo sin ninguna duda por los objetos personales y, sobre todo, gracias al tatuaje del trasero. En cuanto el juez certifique mi muerte, llamas a las pompas fúnebres «Paradiso». El gerente se llama Ginés y es un sinvergüenza al que libré hace años de ir a la cárcel. Por eso y por los cincuenta mil euros que le he dado, se encargará de todo. Primero, un funeral aquí, para no levantar sospechas y, luego, el traslado a Suiza. Ginés ocultará el dinero en el ataúd y se encargará de recuperarlo en destino e ingresarlo allí en una cuenta bancaria que ya funciona a tu nombre.

–¿A mi nombre?

–Ten en cuenta que yo estaré oficialmente muerto. Pero confío plenamente en ti, mi amor.

–¿Y tú? –preguntó Lorena.

–Yo me voy hoy mismo a Suiza. Para los trámites aduaneros llevo los documentos de Estólido. La verdad es que con sus gafas y un bigote postizo, tenemos un parecido razonable. He sacado billete en el Talgo nocturno a Zúrich, aunque me apearé en Lausana, donde he alquilado una casita, junto al lago Ginebra. Te esperaré allí. El de la funeraria te dará también las instrucciones para llegar hasta ella.

–Veo que lo tienes todo pensado. Hasta el último detalle.

–Tú lo has dicho. Hasta el último detalle.

Al llegar a su casa, aparcaron el Toyota dentro del garaje.

–Voy a darme una ducha –dijo Martín, tras detener el motor–. Haré una pequeña maleta, me llevaré este coche y lo aparcaré lejos. Luego, iré a la estación en autobús. Tengo todo el día para llegar a Barcelona. El tren a Zúrich no sale hasta las siete de la tarde.

El abogado se sentía pletórico, orgulloso de sí mismo. Eufórico. Su plan estaba funcionando a las mil maravillas. Todo como la seda. Como el agua. Acababa de matar a un hombre, la parte de su plan que más le inquietaba de antemano. Ahora se daba cuenta de que no le había resultado difícil en absoluto. No solo era un tipo la mar de inteligente, sino también un hombre con lo que hay que tener.

Se aseguró de que llevaba encima la cartera de Estólido, con sus documentos. Iba a dejar puesta la llave del coche en el contacto pero, en el último momento, se lo pensó mejor y se la echó al bolsillo. Entonces se volvió para recoger el revólver, que había dejado sobre el asiento trasero. El corazón le dio una punzada cuando no lo halló donde pensaba.

Saltó del vehículo y miró debajo de su asiento. Nada.

—¡Lorena! —dijo, incorporándose—. ¿Has visto el revólver que...?

Con el rabillo del ojo distinguió algo que no le cuadraba en absoluto. Era la silueta de su mujer, de pie, con las piernas ligeramente separadas, sujetando un arma con los brazos extendidos. Apuntándole.

—¿Qué...? ¿Qué haces, Lorena? Deja el revólver. Es muy peligroso eso que haces. Está cargado y creo que no le he puesto el seguro.

—En efecto. No le has puesto el seguro.

El tono de voz de su esposa desconcertó al abogado. No temblaba, no gimoteaba como unos minutos atrás. De repente, se había vuelto sereno. Firme.

—No entiendo, nada, Lorena... ¿Qué pasa? Todo está saliendo de maravilla.

—¡No! —gritó ella—. ¡Nada está saliendo de maravilla, Martín! ¡Nada! Yo abandoné a mi primer marido porque arruinó su carrera como profesor universitario para convertirse en detective privado y esa perspectiva me resultaba insoportable. He pasado quince años sola, esperando que apareciera en mi vida alguien como tú. Me casé contigo para llevar una vida tranquila, confortable, sin sobresaltos. Para ser la mujer de un abogado respetable, para sentirme segura, para vivir en una buena urbanización y veranear todos los años en Torremolinos. Para no tener preocupaciones. Esa era la vida con la que yo siempre había soñado. Una vida sin vértigo, sin agobios. Sin apreturas. Y, de repente... me dices... ¡que estamos arruinados!

–¡No! No, mi amor. Ya no lo estamos. Aquí, en este coche, hay una maleta con veintitrés millones. Más dinero del que habríamos soñado reunir en toda nuestra vida, por muy bien que nos fueran las cosas...

–¡Cállate! Maldito canalla, cállate, cállate... Me has destrozado la vida. Sin preguntarme qué me parecía, sin consultarme, me has convertido a la fuerza en cómplice de un delito. De un montón de delitos, en realidad. En cómplice de un asesinato espantoso, de un robo insensato. No tenías ningún derecho a convertirme en una delincuente. Yo quería una existencia segura y sin sorpresas. Y, por tu culpa, voy a terminar en la cárcel.

–No, Lorena, te equivocas... No vamos a ir a la cárcel, claro que no. Lo tengo todo planeado...

–¿Planeado? En el mejor de los casos, nos pasaremos el resto de nuestra vida huyendo como dos forajidos. ¿Qué crees? ¿Que los dueños de ese dinero se van a conformar? Nunca más volveremos a tener un minuto de sosiego, maldito seas, maldito seas mil veces...

Martín vio peligrar toda su estrategia. Necesitaba a Lorena y había dado por hecho que ella seguiría sus pasos, seguiría sus instrucciones, lo seguiría al fin del mundo y hasta al infierno sin rechistar. Y resultaba que ahora le estaba apuntando con un revólver del 38. Pero no, no sería capaz de dispararle. Eso, ni se le pasaba por la cabeza. Solo tenía que calmarla, hacerla entrar en razón.

–Lorena, amor mío...

Dio un paso hacia ella y ella, desviando ligeramente el arma, apretó el gatillo. El proyectil pasó a un palmo escaso de la cabeza del abogado y atravesó el montante trasero del Toyota, dejando a su paso por la chapa un agujero limpio y caliente. Un agujero perfecto.

El sonido del impacto de la bala contra el acero se sobrepuso al estampido del arma, provocando un ruido ensordecedor dentro del pequeño garaje. Pero la mujer ni siquiera pestañeó. Martín, en cambio, sintió cómo toda la sangre se le bajaba a los pies al darse cuenta de que la situación se le estaba escapando de las manos. Y por el resquicio que menos podía imaginar. Por Lorena.

–Lorena, amor mío... –balbuceó, tratando de usar un tono meloso que el pánico le impidió encontrar–. Lamento no haberte puesto antes al corriente de mis planes, pero no hay razón para...

–¡Cierra la boca! –dijo ella, firme, sin gritar–. Cierra la boca, Martín. No quiero escucharte más. Ni una palabra más. No sabes hasta qué punto te odio por lo que acabas de hacer conmigo.

Entonces, con una serenidad que ella misma nunca supo de dónde había sacado, apuntó con cuidado entre los ojos de su marido, apretó los dientes y disparó dos veces seguidas, muy seguidas. Con rabia. Pam, pam.

Lorena estaba tan segura de lo que hacía, tan convencida, que consiguió dos certeras dianas.

Luego, estuvo un tiempo muy largo –pero que a ella se le hizo cortísimo– sin saber qué hacer. Todavía con el 38 en la mano, su mirada iba de la maleta con el dinero al cuerpo de su marido, allí tendido, con un agujero en la cabeza y otro en el cuello.

De pronto, se fijó en el hacha de leñador que Martín había colocado, junto al mazo de mango largo, entre las herramientas de jardín. Eso le dio la idea.

Se aseguró de tener lejía suficiente para limpiar después la sangre. Sangre que, supuso, sería mucha.

Tomó el hacha. Era muy pesada. Sin embargo, pronto se dio cuenta de que eso representaba una ventaja. Solo tenía que manejar la herramienta con habilidad y dejar que la hoja de metal hiciese todo el trabajo.

Falló los dos primeros golpes pero, al tercero, acertó de pleno y, con el cuarto, logró su propósito.

Cuando vio la cabeza de Martín separada del tronco, se dio cuenta de que lo más difícil estaba hecho. El resto iba a ser pan comido.

El móvil de Elisa volvió a vibrar. Esta vez no se trataba de una llamada sino del aviso de llegada de un SMS. Con un ojo en Lorena y otro en el aparato, Elisa, oprimió la tecla situada bajo el rótulo «ver». Se trataba del mismo número de antes.

«Soy Fermín. Encontramos cadáver Martín Completo. En su garaje. Descuartizado. Llama.»

Miró a Lorena. Seguía pareciéndole una mujer frágil y anodina. Se admiró de hasta qué punto el despecho puede cambiar a una persona. Solo el despecho había conseguido que Lorena hiciese cosas que nunca habría imaginado. No el amor ni el odio ni la compasión ni la ira ni ninguna otra de las virtudes o las pulsiones que acompañan al ser humano.

Solo el despecho.

Un furgón isotermo acerca lentamente su parte trasera a la puerta del garaje de los Completo y dos policías de la científica comienzan a introducir en la zona de carga los paquetes de plástico que van extrayendo del gran arcón congelador situado a la izquierda de las dos plazas de aparcamiento.

En total, ocho bolsas transparentes de diversos tamaños más un paquete distinto, una bolsa de basura de color azul que envuelve la cabeza y otra bastante mayor, negra, que contiene el tronco, desmembrado y decapitado.

–No puedo creer que haya sido Lorena –le susurro a Souto–. Estuve aquí, con ella, el miércoles pasado. Si todo sucedió como imaginamos, en ese momento ya habría cometido el crimen y estas bolsas ya estarían aquí, dentro del congelador. Y supo aparecer ante mí absolutamente tranquila, completamente ajena a esta atrocidad. No llegué a sospechar nada.

–Ella fue siempre una excelente actriz –recuerda Souto, tan cabizbajo como yo–. Pero lo cierto es que las pocas sospechas que surgieron sobre la identificación del cadáver, las planteaste tú. La ropa, la corbata que no pegaba, el moreno de ciclista...

–Y el olor a lejía.

–¿Cómo?

–Cuando vine a verla, a Lorena le olían los dedos a lejía. También me extrañó.

–Sin duda necesitó usar mucha lejía para limpiar la sangre, tras descuartizar a su marido. El garaje tuvo que quedar como un matadero.

La noche es cálida pero yo siento un frío insoportable desde que descendí del Citroën del comisario. No puedo dejar de tiritar.

–¿Se da cuenta, comisario? Estuve tres años viviendo con ella. Si este ataque de furia le hubiese sobrevenido entonces… podía haber sido yo quien acabase dentro de un congelador, repartido en bolsas de plástico.

–Cierto. Pero, en tu caso, se limitó a abandonarte. Felicítate por tu buena suerte.

Un agente se nos acerca en ese momento. Mira a Damián Souto con un gesto extraño. Como si temiese hablar. O como si al hablar temiese decir una tontería.

–Comisario…

–¿Qué pasa?

–Verá… resulta que… lo hemos comprobado, ¿eh? Estamos seguros.

–¿Seguros de qué? ¿Quieres hablar de una vez?

–Pues que… que hay cuatro manos.

–¿Cómo?

–Cuatro manos. Dos bolsas con dos manos en cada una.

–¡Ah…! Bien, bien, estupendo.

–¿Cómo? Pero… comisario, yo creo que eso complica muchísimo las cosas.

–No, hombre, no… al contrario. Ahora ya tenemos nuestros dos cadáveres completos.

—El dinero, Lorena. Necesito el dinero.

—¿Todo?

—Sí, todo. Los veintitrés millones.

—Están... ingresados en una cuenta del Bank of la Suisse Romande.

—Bien. En ese banco te habrán proporcionado toda la documentación necesaria para operar por Internet.

Elisa no preguntaba. Solo hacía comentarios, sin esperar respuesta de Lorena. Sacó de su mochila su ordenador Compaq ultraportátil, lo liberó de su funda de neopreno, lo encendió y, por fin, se conectó a Internet mediante la red 3G.

Media hora tardaron en avanzar por la seguridad de la entidad bancaria, con todos los manuales en la mano, componiendo claves interminables y activando programas desencriptadores.

Por fin, mediante la webcam insertada en el marco de la pantalla del propio aparato, establecieron videoconferencia con un agente del banco que procedió a identificar el rostro de Lorena gracias a un programa de reconocimiento facial.

—Todo está okey, señora Mendilisueta —dijo el agente, que hablaba en español de Suramérica.

—Es Mendilicueta —aclaró Lorena.

—Disculpe. Me indicó que quiere efectuar una transferencia electrónica desde su cuenta.

—Así es.

—¿Me identifica al titular de la cuenta de destino?

—Delegación en Suiza de la empresa Joker's Holidays.

—Muy bien. Indíqueme el número de la cuenta de destino, por favor.

Lorena leyó sin ningún entusiasmo las veinte cifras, una por una, mientras Elisa, fuera de la imagen, no dejaba de apuntarle a la cabeza.

—Correcto, señora —dijo el agente, al concluir—. ¿Qué cantidad desea transferir a esta cuenta desde la suya?

Lorena carraspeó. Elisa levantó el percutor de su arma.

—La totalidad del saldo.

El agente estaba entrenado para no mostrar sorpresa alguna ante las solicitudes de los clientes, pero no pudo evitar alzar las cejas.

—Es mi deber informarle de que el saldo total de su cuenta asciende a... veintitrés millones de euros.

—Sí. Correcto.

—¿Y desea transferir la totalidad del saldo a la cuenta que me acaba de indicar?

—Así es.

—De acuerdo. Por favor, deslice el dedo índice de la mano derecha sobre el lector de huella dactilar de su ordenador. De arriba abajo y de abajo arriba.

Lorena lo hizo así.

—Identidad confirmada, solicitud confirmada. Procedo a realizar la transferencia solicitada.

Durante la pausa que siguió, Lorena miró a Elisa que, con un gesto, la obligó a centrar su atención de nuevo en la webcam.

—El sistema me da la operación como correcta —recitó el agente del banco, al cabo de un tiempo—. Si desea imprimir un comprobante, haga doble clic en la pestaña «print» que aparece...

—No dispongo de impresora.

—Bien. En ese caso, le llegará por correo el comprobante en papel dentro de un par de días. ¿Desea alguna otra cosa, señora Mendilicueta?

—¿Le parece poco?

—¿Perdón?

—Que no, gracias. Nada más.

—Gracias a usted por usar nuestro servicio de banca en línea asistida. Buenas tardes.

La pantalla fundió a negro. Luego apareció el emblema del banco.

—¿Y ahora? —preguntó Lorena.

—Esperaremos —dijo Elisa, consultando su reloj.

Veinticinco minutos de absoluto silencio más tarde, sintió vibrar en la mano su teléfono móvil. Elisa oprimió la tecla de respuesta.

—¿Sí?

—Soy Biranti. El dinero ha llegado sin problemas. Todo.

—Bien.

—Enhorabuena, señora Lobo.

Elisa colgó, sin más.

—¿Y ahora? —repitió Lorena.

Elisa alzó el cañón de su pistola hacia el techo, le puso el seguro al arma y la guardó en la funda que llevaba prendida en la parte trasera del cinturón. Apagó y comenzó a recoger el pequeño ordenador.

—Ahora y aquí, se separan nuestros caminos.

—¿No va... a matarme?

Elisa negó con la cabeza.

—Ya tengo un muerto que entregar a mi cliente. Usted se encargó de ello. Además, su marido fue quien realmente intentó estafar a los de la Joker's Holidays.

Elisa metió el ordenador en su funda de neopreno y cerró la cremallera. Luego, volvió a mirar a Lorena, que exhibía una mirada vacua.

—Así que lo descuartizó, nada menos. ¡Caray! No parecía usted de esas.

Lorena bajó la vista.

—Aún no sé cómo fui capaz.

—Eso mismo me ocurrió a mí la primera vez que disparé sobre un tipo. Me pregunté cómo había sido capaz de hacerlo. Pero es una pregunta retórica. Una pregunta de la que no se espera la respuesta. O de la que ya se sabe la respuesta. O de la que no se quiere saber la respuesta.

—¿Y tampoco va a llevarme ante la policía?

—No, claro que no. La gente como yo procura mantenerse lejos de la policía. Y, por descontado, no le hago el trabajo sucio a la bofia. Que la atrapen ellos, si es que pueden.

Elisa Lobo terminó de recoger sus cosas, se cargó la mochila a la espalda y se dirigió a la puerta de salida.

—Adiós, Lorena. Espero que nuestros caminos no vuelvan a cruzarse jamás. La próxima vez podría no encontrar una buena excusa para dejarla con vida.

Ya con el pomo en la mano y la puerta entreabierta, la voz de Lorena la hizo detenerse.

—Tengo una última curiosidad. Una curiosidad personal. De mujer a mujer.

—¿Cuál?

—¿Está usted enamorada de... Fermín Escartín?

Elisa tardó en responder. Lo hizo sin volverse.

—No lo sé. No. Creo que no. Pero... quizá podría llegar a estarlo.

—Es un buen tipo. Durante dieciséis años no me arrepentí de haberle dejado. Pero el pasado lunes me di cuenta de que fui una imbécil al abandonarle. Espero que usted tenga más suerte.

Elisa asintió y salió fuera. Acababa de amanecer. El sol justo se elevaba sobre el horizonte y la vista del lago Ginebra le pareció lo más hermoso que había contemplado en los últimos años.

Le quedaba un largo camino de regreso.

Entonces, se percató del día en que vivía. Y de la hora que era. Un escalofrío le recorrió la espalda, mientras se golpeaba la frente con la palma abierta de la mano derecha.

Epílogo: espera París

Al día siguiente, a media tarde, al poner el pie en el andén de la estación de Zaragoza-Delicias tras bajar del AVE procedente de Madrid-Puerta de Atocha, Elisa oyó a lo lejos gritos que llamaron su atención. Miró hacia la galería que recorre la estación, se asomó a las vías y vio dos figuras que agitaban los brazos hacia ella.

Un minuto más tarde, se reunían los tres en el vestíbulo de llegadas.

–¡Hola, mamá! –exclama Toñín, saltando en brazos de su madre.

Tras todo un muestrario de manifestaciones de cariño entre madre e hijo, Elisa viene hacia mí. Y me da un beso rápido en los labios.

–Gracias por acudir ayer a buscar a Toñín.

–¡Mamá...! –protesta el chico.

–A Antonio, he querido decir. Con todo el trajín no me di cuenta de que llegaba el final de su campamento.

–Ha sido un placer –digo–. Además, así he podido probar el AVE a Barcelona, que ya tenía ganas. ¡Qué rápido y qué bonito es!

–¿Te acordabas de Fermín? –le pregunta Elisa a su hijo.

–No, pero me ha parecido un buen tipo.

–Hombre, muchas gracias –le digo–. Pero ya sé que lo dices porque estoy delante.

–Te equivocas, Fermín. Lo digo porque me has llevado a jugar al billar.

–¿Al billar? –pregunta Elisa.

–¿Sabes, mamá? ¡Hemos jugado por parejas contra dos vedettes de «El Plata»! ¡Y les hemos ganado!

–Que habéis hecho... ¿qué? –me pregunta Elisa, sin terminar de creerlo.

–No me mires así, mujer. Son dos chicas la mar de majas. Una es vecina mía.

–Pero eso de «El Plata»... ¿no es un cabaret?

–Bueno, sí, pero... un cabaret ibérico, que no es lo mismo que...

–¡Les he prometido que iría a verlas actuar! –exclama Toñín, entusiasmado.

–E iremos, Antonio, te lo prometo –le digo–. En cuanto cumplas los dieciocho años.

–¡Hala...!

Esa noche, nos vamos a cenar los tres a La Comadreja Parda, aprovechando que Nemesio me ha pagado la investigación sobre la desaparición de su cuñado cancelando mi deuda y concediéndome crédito en su restaurante durante los próximos dos años.

Aprovechando que Toñín ha ido a elegir el helado del postre, me armo de valor y cojo de la mano a Elisa.

–Oye, Elisa... quería agradecerte que... no, quiero decir: que me alegro mucho de que no... liquidases a Lorena.

Elisa me rehúye la mirada. No sé si entiende lo que quiero decirle.

–No había necesidad de acabar con ella. El responsable del desfalco era su marido y ya estaba muerto. Pensé que así podrías volver a intentarlo con ella algún día.

–¿Intentar...? ¡Ah, no! No estaba pensando en ella. Lo digo... por ti. Digo que me alegro por ti. Mejor que no tuvieses que apretar el gatillo. Vamos, digo yo.

Ahora sí me mira. Y me sonríe.

–Sí, mejor, desde luego. Además... ¿sabes? He decidido retirarme del negocio.

–¿Del negocio de...?

–Sí, sí. Del negocio de matar por encargo.

–Vaya. No sabes cuánto me alegro. ¡No sabes cuantísimo me alegro! ¡Bueno...! ¡Me encanta que lo dejes, de verdad!

–Al principio de mi carrera me planteé ahorrar una determinada cantidad y con lo que me van a pagar los de la Joker's Holidays... ya la he completado.

–¡Qué bien! ¿Sería muy indiscreto preguntar cuánto has cobrado por este trabajo?

–Acordé con Roberto Molinedo que cobraría el cinco por mil del dinero recuperado.

—El cinco por mil de veintitrés millones... eso son... a ver... cuarenta y seis, noventa y dos... ¡ciento quince mil euros! ¡Qué barbaridad! ¿Y el total que tienes ahorrado?

—Preguntar eso sí sería una indiscreción por tu parte.

—Entiendo. Disculpa. No he dicho nada. Ni palabra. Nada.

—El caso es que todo este asunto ha resultado mucho más llevadero y sencillo gracias a ti, así que me gustaría compensarte de algún modo.

—No hace falta, Elisa, de veras...

—¿Qué tal si nos vamos dos semanas de viaje a Venecia? Yo corro con todos los gastos, por supuesto.

—Eeeh... Bueno, pero precisamente Venecia ya la conozco, ¿recuerdas?

—Ah, sí, cierto... Estuviste con aquella chica... Diana, ¿verdad? En ese caso... ¿Qué te parece Londres?

—Odio los aviones.

—A Londres se puede ir ahora en tren, pasando bajo el Canal de la Mancha.

—Peor todavía.

—Te lo pondré fácil, entonces: París. ¿Has estado en París?

Apuro el vino que queda en mi vaso antes de responder.

—Me avergüenza reconocerlo pero no, no conozco París.

—Pues ya está: podríamos ir a París. ¿Qué me dices?

—Podría ser, sí. Pero París... Uno tiene la idea de que París es una ciudad solo para enamorados.

Elisa se acoda en la mesa y se acerca a mí. Se acerca a mí hasta que puedo distinguir sin dificultad las motitas doradas que salpican el centro de sus ojos grandes y oscuros.

–Cierto. Solo para enamorados. ¿Cuál es el problema? –susurra.

Por el rabillo del ojo veo que Toñín se acerca ya, con su Magnum almendrado en la mano.

Elisa sonríe, frunce los labios y me lanza por el aire un beso chiquitín.

Fuera, en Zaragoza, la noche es hermosa, estrellada y sin luna.

Índice

Fernando Lalana

Nace en Zaragoza en 1958. Tras estudiar Derecho encamina sus pasos hacia la Literatura, que pronto se convierte en su primera y única profesión, tras quedar finalista en 1981 del premio Barco de Vapor con *El secreto de la arboleda* (1982).

Desde entonces, Fernando Lalana ha publicado más de un centenar de libros con las principales editoriales españolas del sector infantil y juvenil.

Ha ganado en tres ocasiones el premio Gran Angular de novela: con *El zulo*, en 1984, con *Hubo una vez otra guerra* (en colaboración con Luis A. Puente), en 1988, y con *Scratch*, en 1991. En 1990 recibe la Mención de Honor del premio Lazarillo por *La bomba* (1990). En 1991, el premio Barco de Vapor por *Silvia y la máquina qué* (1992) en colaboración con José Mª Almárcegui. En 1993, el premio de la Feria del Libro de Almería, que concede la Junta de Andalucía, por *El ángel caído* (1998). En 2006 recibe el Premio Jaén por *Perpetuum Mobile*.

En 1991, el Ministerio de Cultura le concede el premio nacional de Literatura Infantil y Juvenil por *Morirás en Chafarinas* (1990), premio del que ya había sido finalista en 1985 con la obra ya mencionada *El zulo*, y lo volvería a ser en 1997 con *El paso del estrecho*.

Fernando Lalana está casado y tiene dos hijas: María e Isabel. Viven en Zaragoza. Sobre las piedras que habitaron los romanos de Cesaraugusta y los musulmanes de Medina Albaida. O sea, en el Casco Viejo.

Si quieres saber más cosas de él, puedes conectarte a: www.fernandolalana.com.

Bambú Exit

Ana y la Sibila
Antonio Sánchez-
Escalonilla

El libro azul
Lluís Prats

La canción de Shao Li
Marisol Ortiz de Zárate

La tuneladora
Fernando Lalana

El asunto Galindo
Fernando Lalana

El último muerto
Fernando Lalana

Amsterdam Solitaire
Fernando Lalana

Tigre, tigre
Lynne Reid Banks

Un día de trigo
Anna Cabeza

Cantan los gallos
Marisol Ortiz de Zárate

Ciudad de huérfanos
Avi

13 perros
Fernando Lalana

Nunca más
Fernando Lalana
José M.ª Almárcegui

No es invisible
Marcus Sedgwick

*Las aventuras de
George Macallan.
Una bala perdida*
Fernando Lalana

*Big Game (Caza
mayor)*
Dan Smith

*Las aventuras de
George Macallan.
Kansas City*
Fernando Lalana

*La artillería de
Mr. Smith*
Damián Montes

El matarife
Fernando Lalana

El hermano del tiempo
Miguel Sandín

*El árbol de las
mentiras*
Frances Hardinge

Escartín en Lima
Fernando Lalana

Chatarra
Pádraig Kenny

La canción del cuco
Frances Hardinge

*Atrapado en
mi burbuja*
Stewart Foster

El silencio de la rana
Miguel Sandín

13 perros y medio
Fernando Lalana

*La guerra de
los botones*
Avi